Y SI SOY LAS DOS

El eco de lo que fuimos y el susurro d

Alice Hernández N.

Y SI SOY LAS DOS

Alice Hernández N.

Diseño editorial: Stilo Media

Obra publicada por el sello Stilo Media

stilo.media

Primera edición: 2025

ISBN: 978xxxxxxxx

Impreso por Stilo Media

Entre dos mitades.

Este libro se parte en dos...
Como a veces se parte el alma.
En un lado, la voz que se atreve...
En el otro, la que calla.

En un lado, la luz...
En el otro, las sombras que la guardan.

Aquí vive la dualidad de lo que somos:
Lo que mostramos y lo que ocultamos,
Lo que soñamos y lo que tememos.

Dos mitades que se buscan,
Se esquivan,
Y, al final, se reconocen
Porque, ¿y si soy las dos?
Tal vez, tú también.

Contenido

En Memoria

“A aquellos hombres valientes, que tuvieron la fuerza y el coraje de expresar sus ideas, de soñar con una Colombia libre y diferente, y a quienes, por su ideología y sinceridad, hoy sus voces no resuenan en la tierra, fueron apagadas, pero permanecen en el recuerdo de todos los colombianos, dejando huellas profundas en la historia.

Hoy, con el corazón encogido, lloramos su ausencia y al mismo tiempo honramos su memoria.

“Hago un reconocimiento especial a aquellas voces calladas: la de los niños, y también a las otras que aún gritan en silencio. Vidas truncadas que guardaban la esperanza, el deseo de ser felices y amados.”

“A mis queridas amigas”

Jenny y Blanca

Sé que desde el cielo me acompañan, y que algún día nos volveremos a encontrar.

A veces me pregunto si, en el fondo, soy un poco de cada una de ellas. Y si soy las dos.

La serenidad silenciosa de Blanquita y la alegría desbordada de Jenny.

Blanquita, con su paz interior, con esa mirada que hablaba más que sus palabras, con su manera suave de acompañar sin imponer, de abrazar sin apretar, de estar sin hacer ruido.

Y Jenny, en cambio, era la fiesta misma: abierta, extrovertida, habladora, incansable junto a su esposo, espontánea, de esas que llegan a un cumpleaños y de inmediato llenan el lugar de vida.

Ambas eran serviciales, caritativas y generosas hasta el último día.

Nos acompañaban en cada celebración, en cada reunión. Reían fuerte y hacían que todos se sintieran incluidos, como si cada momento mereciera ser vivido al máximo.

Y aunque ya no están, quedan sus rastros en todos los que la conocimos: La calma y la luz de una; la alegría y el impulso de la otra. Tal vez por eso, cuando me miro por dentro, me descubro en esa dualidad.

Y si soy las dos... entonces soy un poco más completa.

Gracias, Jenny y Blanca, por haber formado parte de mi vida, por la risa compartida, las palabras sinceras y por los silencios que también abrazan.

Agradecimientos:

“*Dios me inspiró. La Virgen me mostró en sueños la palabra que guiaría este camino: “dualidad”. Agradezco a ellos, porque en los momentos de mayor silencio me hablaron al corazón. Semilla que germinó en este libro. A ellos, mi fe, mi gratitud y mi esperanza. Así comprendí que mi vida —este libro— nace del contraste entre lo que somos y lo que anhelamos ser.

Agradezco a mis padres por su ejemplo de amor y esfuerzo. A mis hermanos, quienes han sido raíz, refugio y motor.

A mi esposo, a mis hijas, a mis nietos y yerno por su apoyo espiritual y perseverancia, por confiar en mí y darme siempre paz interior, que me impulsa a seguir adelante.

A mis consuegros y amigos, los de ayer, los de hoy que creen en mí y los que ya partieron, quienes ya no están en cuerpo, pero siguen vivos. Gracias por compartir memoria y corazón.

A todas las personas que siempre han estado conmigo... gracias por el apoyo que me brindaron en la publicación de mi primer libro, “Rastros de un camino”, y por seguir caminando a mi lado, apoyándome en todo momento.

Y a ti, lector, que tienes este libro entre tus manos: gracias por dejarme entrar en tu mundo, y a mí misma... ......por no soltarme, por atreverme a escribir, a recordar y ayudar a sanar a todas las personas que de alguna forma han buscado un refugio en mí.

A todas las mujeres que, con sus relatos de vida, me confiaron sus historias y me inspiraron a escribir con el alma, y a la vida por darme otra oportunidad para seguir este camino, aun con sus curvas, pérdidas y aprendizajes.

Prólogo

***" No todas las sombras**

Oscurecen. Algunas enseñan a

Ver la luz. *"

__Alice Hernández N.

En "Rastro de un camino" aprendí a narrar el alma. Escribí con el corazón en la mano, y sin saberlo, abrí una puerta hacia una parte de mí que aún seguía buscando respuestas. Allí sentí que: "Cada paso que di me fue revelando verdades que no sabía que guardaba". Hoy, con ese primer libro aún latiendo, en quienes lo han leído y en mí misma, retomo la palabra para seguir el hilo invisible de la vida, de la fe, del alma que no se rinde.

Este nuevo no empieza de cero. Empieza donde el anterior me dejó:

"Dualidad: "naoe de esa grieta, de ese confllcto callado que todos cargamos; en ese punto sagrado donde el Ser decide mirar hacia adentro y seguir... Y no siempre reconocer lo que ve.

Es una mezcla entre lo que sientes, la fe y la duda que nos sacude.

Busca abrir puertas entre lo que fuiste y lo que aún eres; entre lo que otros ven y lo que sólo Dios conoce.

Hay una línea sutil, casi invisible, entre lo que vivimos y lo que soñamos vivir.

Entre lo que sentimos con el alma desgastada y lo que nos gustaría sentir si tuviéramos el corazón intacto.

Somos luz y sombra, valentía y miedo, fe y preguntas.

Una cara para el mundo y otra que apenas reconocemos cuando el silencio nos enfrenta.

Quiero recordar que en cada paso hay una contradicción, y que en cada contradicción hay humanidad.

Es esa contradicción la que duele, pero también la que nos empuja a crecer. Porque, al final, tal vez no se trata de elegir un solo lado, sino de aprender a convivir con ambos.

Aquí va vuestra historia en dos voces: la que se muestra... Y la que apenas ahora se atreve a contar......

Introducción

Este libro nace de un viaje íntimo, un peregrinaje del alma entre la fe que sostiene y la duda que cuestiona.

Es el recorrido de alguien que ha aprendido a caminar con los pies firmes en la tierra y la mirada puesta en el cielo, sin renunciar a ninguna de las dos fuerzas que la habitan.

Hemos caminado por senderos donde el pasado nos habla con voz dulce y a la vez desafiante, y donde el presente nos invita a soñar con un futuro que aún no tiene forma.

En este camino, la razón y la emoción no son enemigos, sino compañeros de ruta; la certeza y la incertidumbre, las dos caras de una misma moneda.

Estas páginas son un reflejo de esa convivencia, de ese diálogo constante entre luces y sombras, entre lo que fuimos y lo que anhelamos ser. Son un relato de abrazos y quiebres, de silencios y palabras, de luchas internas y pequeños milagros que nos han enseñado que el crecimiento espiritual nace de aceptar la complejidad del ser humano.

Te invito a acompañarme en este viaje, a abrir tu corazón a las preguntas sin respuestas fáciles y a encontrar en estas historias un espejo donde reconocer tus propias dualidades.

Porque al final, todos somos un poco de esa mezcla de certeza y duda, de pasado y esperanza.

PARTE I: "La Máscara y el Espejo"

¿Quién soy ahora?

Entre la máscara y el espejo se esconden verdades que arden en silencio.

En la penumbra habitan los rostros que no se muestran.

La voz callada pesa más que un grito; el deseo oculto late como fuego sin llama,

Y las huellas del pasado dibujan mapas invisibles sobre la piel.

Aquí vive la dualidad: lo que se piensa y no se dice, lo que se sueña y no se intenta, lo que se esconde para sobrevivir.

Es el territorio donde la luz aún no llega, pero su ausencia revela la profundidad de la sombra.

"Entre la sombra y la luz no hay distancia...

Solo el instante en que decidimos mirarnos sin miedo".

Todos anhelamos algo que no pudimos alcanzar: un amor, una decisión, un camino no tomado.

Y nos preguntamos, con ese suspiro que nunca se oye: qué hubiera sido......

Vivimos rodeados de máscaras.

A veces somos lo que esperan de nosotros. Pero solo frente al espejo, cuando nadie nos mira, somos reales.

Allí, en ese reflejo silencioso, sin testigos y sin exigencias, nos encontramos y somos, por fin... auténticos.

Capítulo 1:“Cuando el alma decide”

Ella, una mujer noble, fuerte, profundamente sentimental, tuvo un amor... de esos que dejan huellas, y que el destino y las circunstancias de ese momento los separaron, cada uno tomando rumbos diferentes.

El reloj marcaba las 5:30 de la tarde cuando el sol comenzaba a rendirse ante el otoño.

El café con su aroma, granos recién molidos y las memorias que se resisten al olvido parecía el lugar perfecto para volver a empezar.

Después de tantos años, cuatro mujeres. Se miraban otra vez frente a frente, con la mezcla de nervios y alegría que solo se siente al reencontrar un pedazo del pasado.

Habían sido inseparables en el colegio. Katia, Camila, Paulina y Alicia.

La vida, con su manera silenciosa de dispersar los caminos, las había llevado por distintas ciudades, carreras y amores.

Cada una tomó un rumbo distinto, pero ahora el destino las juntaba de nuevo, como si el tiempo no hubiese pasado, aunque todas sabían que sí.

Katia llegó primero; su elegancia discreta y su sonrisa ensayada la delataban. La mujer que aparenta tenerlo todo bajo control, pero que por dentro batalla con lo que calla. Camila entró después vestida de libertad y perfume intenso, esa clase de mujer que hace girar las miradas sin proponérselo.

Paulina, con un aire tranquilo, dejó su abrigo sobre la silla y saludó con un abrazo largo de esos que parecen una disculpa por los años perdidos.

Y finalmente, Alicia, con su mirada serena y un brillo distinto, como si cargara algo sagrado en el alma.

—Por fin, juntas —dijo Katia alzando su taza de café. Tantas veces lo planeamos y siempre algo lo impedía.

Las risas llenaron el lugar. Por un momento, todo volvió a ser como antes: las bromas del colegio, los sueños sin peso, los secretos compartidos bajo el uniforme azul.

Pero debajo de la risa, cada una traía una historia que no habían contado a nadie.

Una historia que, de una forma u otra, cambiaría el rumbo de todas.

Katia, en silencio, giró la taza entre sus manos y por un instante su mente viajó lejos del café.

Recordó a Mauricio, su primer amor, que había marcado su juventud.

Se había casado apenas un año después de terminar su noviazgo con ella.

Al conocer la noticia, Katia sintió un vacío, que le cortó la respiración.

Su corazón no entendía cómo alguien podía olvidar tan rápido, ni cómo el amor podía evaporarse sin aviso.

Aún recordaba sus besos, la promesa de amor eterno que ahora le sonaba lejana, casi ingenua.

Con el alma herida, decidió seguir adelante, pasar esa página.

Con el tiempo, encontró su camino, un nuevo amor, una nueva ilusión y decidió formar su hogar. Llenó su equipaje de amor, emociones e ilusiones. Era un nuevo comienzo y se aferró a ello.

La voz de Camila la devolvió a la realidad. El café seguía lleno de risas, pero dentro de Katia algo había despertado.

—Ay, Camí, siempre tan misteriosa —Paulina riendo.

Camila sonrió, pero su mirada se perdió por un instante entre las sombras del café.

—No todo lo prohibido se olvida. Recordó con nostalgia ese amor imposible, que dejó huella en su corazón, cuando sentía tocar el cielo con las manos.

Murmuró apenas, con un tono qué nadie supo si era broma o verdad.

Por un momento, el grupo guardó silencio. Alicia, como siempre tan efusiva, soltó una carcajada. Rieron todas, como en los viejos tiempos.

Paulina, con su sonrisa mordaz, replicó: A veces lo que se espera no es lo que llega.

Una leve melancolía la envolvió al recordar la frialdad y la falta de compromiso de su esposo José Luis; entre ausencias y viajes, se fueron alejando poco a poco, hasta que el silencio se volvió costumbre.

“*A veces el corazón se cansa de dar... donde no hay eco.”*

-Alice Hernández N.

La tarde fue deslizándose entre risas y recuerdos. Hablaron de los paseos del colegio, de los amores que alguna vez creyeron eternos, de las promesas que el tiempo se llevó sin aviso.

Entre anécdotas y silencios, cada una guardaba su propio secreto. Ese que no se confiesa ni entre amigas.

Cuando el sol comenzó a ocultarse, se despidieron con abrazos y la promesa de volver a verse pronto.

Capítulo 2: "Conflicto Interno"

Al llegar a la casa, Katia se quitó lentamente el maquillaje frente al espejo. La mirada que le devolvía su reflejo era distinta, cansada, quizás. Pasó los dedos por su rostro, como si buscara reconocerse.

¿Todavía estás ahí?

Pregunta la mujer, con voz suave pero cansada: sí... —Aquí estoy -- responde la niña.

Te veo llorar a veces y no sé por qué. Antes no llorábamos tanto.

Es que ahora entiendo cosas que tú no conoces todavía.

¿Cómo qué?

Como que no todos los brazos son sinceros y que hay veces en que el silencio duele más que un grito.

¿Entonces ya no soñamos?

Claro que sí. Pero ahora soñamos con los pies en la tierra.

¿Y aún me necesitas?

Más que nunca. Porque tú me recuerdas quién soy cuando me olvido. Tú eres la que se ríe sin razón, la que cree sin miedo, la que ama sin condiciones.

¡Entonces no me dejes!

Nunca lo haré. A veces me pierdo, pero siempre vuelvo a buscarte.

¿Te acuerdas cuando soñamos con volar? Le pregunta la mujer a la niña.

Sí... Y aún podemos hacerlo, responde ella. Solo que ahora tienes alas más grandes, aunque a veces se te olvida usarlas.

Y lo recordé.

Tenía seis años.

Llevaba mi pelo recogido, con un moño en la cabeza, medias largas y una mirada que no sabía mentir, con mis ojos grandes de color marrón.

Ese día fui al centro comercial con mi mamá; íbamos a ver una película de moda del momento. Mientras todos hacían la fila para entrar, vi desde lejos a Elías, mi amigo y compañero del colegio. Con paso apresurado caminé hacia él, jalando a mi mamá para poder saludarlo.

Al llegar, con voz suave, le dije: "Elías, yo te amo.

Se sorprendió, se sonrojó y yo lo abracé fuertemente.

Ese día sentí algo grande... Tan grande como las ganas de decirlo. Fue la primera vez que amé sin miedo, sin pensar si me iban a rechazar, sin preocuparme por parecer tonta, sin esconder mi corazón.

"No dejaba de sonreír, le repetía una y otra vez que lo amaba, y lo abrazaba con dulzura.

.........Yo volaba".

El reflejo en el espejo me devolvió al presente. Ya no era aquella niña de moño y medias largas. Mis ojos seguían siendo los mismos, pero cargaban historias que el tiempo no borró.

En un suspiro, sin saber por qué, se preguntó si él aún la recordaba.

Fue aquel día, sin buscarlo, cuando volvió a encontrarse con Mauricio, en el centro comercial. El amor de su vida. Había transcurrido muchos años. El, con su sonrisa de siempre, se alegró al verla, y Katia sintió esas mariposas que creía haber olvidado, dejando atrás, aunque fuera por un instante, todo lo que los había separado.

Tomados de la mano como adolescentes, disfrutaron de la tarde, reían, con un corazón vivo. Ninguno de los dos eran felices, se habían dado cuenta de su error.

Cada uno revivió su amor, con la certeza de quién había esperado mucho tiempo para ese reencuentro, comprendieron que había valido la pena, aunque sabían que debían seguir su camino, aferrados a la esperanza de volverse a encontrar algún día. Dejaron a un lado, aunque solo fuera por un momento, la culpa que pesaba sobre su amor, pues ambos sabían que al otro lado de la historia habría alguien esperándolos.

Ese día comprendieron el daño que el silencio les había hecho, porque lo que no pudo ser, quizás nunca volverá. Pero lo vivido en ese instante sería la fuerza para seguir adelante.

Tuvieron la oportunidad de tomar el mismo rumbo; hoy solo les queda la fe, aferrarse a ella con la esperanza de que, si Dios lo permite, en el futuro todo puede cambiar. Evitarán pensar demasiado, por miedo a que el recuerdo los quiebre. El seguirá soñando y añorando ese amor que en su día fue su llama gemela Y ella también llevará su carga. Y en medio de esa tormenta lucharán por reconstruirse y, aunque la vida sigue, la melancolía permanece como una sombra silenciosa, que los acompañará.

En otro lugar, no muy lejos de allí, Jaime se encontraba solo; desde la distancia había visto a Alicia, reunida con sus amigas, en aquella vieja cafetería, donde tantas tardes compartieron risas y sueños. Al verla ese día, sintió que algo dentro de él se quebraba. Nunca pudo olvidarla. Seguía igual: en su rostro se reflejaba la misma alegría, la misma luz que lo enamoró.

Fue su amor de juventud; ese que marca el alma sin permiso y sin medida.

Aunque la vida siguió su curso, su corazón permaneció anclado en aquel tiempo donde eran uno solo, riendo sin miedo al mañana.

Capítulo 3: "El silencio que abraza"

Una mañana cualquiera, Paulina salió temprano para encontrarse con su amiga, Camila.

Llevaba entre las manos una carpeta con algunos documentos de trabajo y el rostro cansado de quien ha dormido poco y pensado demasiado.

Cuando llegó al café, Camila la esperaba junto a la ventana. La abrazó con cariño, como solo lo hacen las amigas que saben leer el alma sin necesidad de palabras.

Te noto diferente, Paulina... ¿Pasa algo? Preguntó Camila.

Paulina sonrió débilmente. —Nada que tú no puedas adivinar... — respondió. José Luis está distante cada día.

Su ausencia se siente incluso cuando está en casa. No sé... siento que ya no hay nada que salvar.

Camila le tomó la mano en silencio. Paulina bajó la mirada, intentando contener el nudo en la garganta. Después de un rato de charlas y consejos, se despidieron. Paulina iba por la calle, pensativa, absorta; fue entonces cuando lo vio. Al otro lado de la acera, un hombre observaba los escaparates con calma. Tenía una expresión tranquila, casi melancólica. Por un instante, sus miradas se cruzaron. Paulina, nerviosa, cruzó la calle, apretando la carpeta que llevaba y, sin darse cuenta, se le resbaló de las manos. El hombre se inclinó enseguida para recogerla. —Se le cayó esto —dijo, con una leve sonrisa. Ella lo miró y algo en su interior se movió. No sabía por qué, pero ese gesto simple quedó grabado en su mente.

Mientras tanto, Camila, de regreso a su casa, recordaba su vida. Tenía el don de la compostura; nadie más allá de las paredes de su casa habría podido imaginar el vacío que habitaba en su alma. En su círculo social era la señora Camila: amable, servicial, siempre dispuesta, con una sonrisa perfecta y un tono sereno. Pero dentro de sí, guardaba a otra mujer, una que lloraba en silencio, apasionada, y

que dormía acompañada, pero profundamente sola. Esa era su mujer secreta. La que nadie veía. La que ni siquiera su esposo y sus amigas alcanzaban a notar.

Una tarde, caminando por las calles empedradas, el sol aún caía con fuerza sobre los balcones coloniales y las piedras calientes parecían guardar secretos antiguos; de pronto se encontró con Juan, su amor secreto, su amor prohibido. Al que hacía años no veía. El encuentro fue efusivo, de esos que llegan con una sonrisa y un abrazo apretado. Se detuvieron a intercambiar palabras, risas, recuerdos sueltos, ese que con los años siempre se recuerda. La invitó a tomar un refresco y ella, con una coquetería inusual, aceptó. Pasaron la tarde recordando aquella fiesta y su graduación.

Al caer la tarde, la brisa comenzó a mover los manteles del café. Camila lo escuchaba hablar, pero su mente viajaba entre el presente y los recuerdos. Cada palabra de Juan removía algo dormido dentro de ella, algo que creía olvidado.

Hablaron de sus vidas, de los hijos, de los años que se fueron sin aviso. Él la miraba con una ternura que la desarmaba. Por un instante se sintió nuevamente joven, libre de rutina, de reproches, de silencios.

Cuando se despidieron, Juan tomó sus manos y se las sostuvo unos segundos más de lo necesario. Ese contacto breve encendió un fuego que la acompañó todo el camino de regreso a casa; reía sola, sentía una alegría en su corazón, algo difícil de explicar. Al llegar, todo parecía igual: la mesa servida, los ruidos de siempre, el reloj marcando las horas, pero dentro de ella algo había cambiado.

Esa noche, aún con el eco del encuentro en la memoria, Camila llamó a Paulina. Su voz sonaba temblorosa, entre emocionada y confundida. ¿Te acuerdas de Juan? Le dijo casi en un susurro. Paulina dudó un instante, intentando traer a la mente aquel rostro de antaño. —¿Juan... el rubio, tu amor secreto? Claro que sí. ¿Por qué? Camila respiró profundo antes de responder:

Lo vi hoy, por casualidad. No sé cómo explicarte... Fue como si el tiempo no hubiera pasado. Me sentí distinta, viva.

Paulina guardó silencio. La conocía lo suficiente para entender lo que no se decía entre las dos. Esa complicidad era casi un pacto. Sabían cuándo hablar y cuándo dejar que el corazón encontrara sus propias respuestas.

Esa noche, mientras Camila hablaba con Paulina, en otro rincón de la ciudad Katia miraba por la ventana. Aún pensaba en Mauricio, en todo lo que no se dijeron y en cómo los años no habían borrado sus recuerdos.

Por su parte, Alicia, sin saber por qué, sintió un vacío extraño, como si el pasado la llamara. Se miró al espejo y se descubrió más serena, pero también más sola.

Paulina, después de colgar el teléfono, quedó pensativa. Recordó su propio encuentro de esa mañana, la mirada de aquel hombre que aún no podía sacar de su mente.

"Qué curiosa es la vida", pensó. A veces parece que todo vuelve al mismo tiempo".

Cada una, desde su propio mundo, empezaba a sentir que algo se movía adentro, como si la vida les estuviera recordando que aún quedan caminos por recorrer, verdades por enfrentar y emociones que no se habían apagado del todo.

Un mes después, las cuatro amigas volvieron a reunirse. Esta vez no fue en la vieja cafetería del primer encuentro, sino en un restaurante rodeado de árboles, con mesa de madera y un aire tranquilo que invitaba a hablar sin prisa.

Habían pasado apenas unas semanas, pero para cada una ese tiempo había sido suficiente para remover lo que creían dormido.

Paulina llegó primera. Se notaba distinta, con una luz en la mirada que no sabía si era ilusión o miedo. Poco después entró Camila, con una elegancia serena, aunque su nerviosismo se delataba en las manos. Katia llegó con su sonrisa de siempre, pero los ojos la traicionaron: guardaba la nostalgia de algo que aún dolía. Alicia fue la última. Parecía más distante, más reservada, pero con la calma de quien observa sin decir demasiado.

Entre risas y recuerdos, fueron contando lo vivido. Camila habló de aquel encuentro inesperado con Juan y de cómo, sin buscarlo, había vuelto a sentir algo que creía perdido. Paulina escuchaba en silencio, sabiendo que su propio corazón también había temblado aquel día, frente a un desconocido. Katia confesó que había visto a Mauricio y que eso removió memorias que creía superadas. Alicia, por su parte, no habló mucho; solo dijo que había aprendido que a veces el silencio es una respuesta, y que no siempre hay que entenderlo todo.

Hubo un momento en que ninguna habló. Solo se miraron, reconociéndose en el reflejo de las otras: Mujeres que habían amado, caído, callado y vuelto a levantarse.

Después de aquella tarde de confidencias, las cuatro decidieron que necesitaban un respiro. Entre risas, alguien propuso lo impensado: —¿Y si nos vamos de viaje, como antes? —dijo Katia, levantando la copa.

La idea fue tomando forma entre anécdotas y promesas. Querían revivir aquella escapada de juventud, cuando nada las detenía y todo parecía posible. Eligieron la playa, ese lugar donde el mar parece borrar las culpas y los silencios.

Capítulo 4: "Sombras de amor".

Un mes después, estaban las cuatro, con maletas ligeras y corazones cargados de recuerdos. El aire olía a sal, y el sonido de las olas les devolvía la risa que creían perdida.

Mientras caminaban por la orilla, Paulina se detuvo de repente.

A lo lejos, reconoció aquel rostro: era él, el hombre de la vitrina.

El destino, con su humor impredecible, se lo ponía de nuevo en el camino. El la vio y se acercó con una sonrisa tranquila, la misma que había quedado flotando en su memoria.

Qué coincidencia, dijo él. El mar siempre sabe a quién devolvernos. —Me llamó Raúl. —Ella aturdida dijo: Paulina.

Te presento a mis amigas: Katia, Camila y Alicia. Ellas lo recibieron con cordialidad, aunque cada una, en su silencio, sintió que aquel encuentro no era casualidad.

El sol comenzaba a caer, tiñendo el cielo de tonos dorados y, entre risas, historias y brisa marina, las cuatro amigas entendieron que aquel viaje no era solo un descanso. Era el inicio de algo nuevo, la posibilidad de volver a mirarse con otros ojos.

En la noche, el hotel ofrecía a los turistas un cóctel de bienvenida. Ellas, en su cuarto, comenzaron a buscar entre su equipaje el vestido perfecto para la ocasión.

Katia encontró su vestido color rojo, su favorito, que combinaba perfectamente con su largo cabello negro.

Camila escogió un vestido verde aguamarina que resaltaba el tono de sus ojos.

Paulina, nerviosa, revolvía su equipaje tratando de hallar el atuendo ideal, pues en su interior deseaba deslumbrar a su nuevo amigo, Raúl. Finalmente, encontró un vestido negro con diminutos destellos brillantes y un escote profundo en la espalda.

Alicia, al ver a sus tres amigas tan elegantes, dijo sonriente: ¡Ah, no!, yo no me voy a quedar atrás.

Sacó entonces su vestido de la suerte: un vaporoso vestido blanco que realzaba su figura y su cabello recogido en un moño.

La música tocaba una melodía suave, mientras las personas esperaban con entusiasmo el gran espectáculo de la noche.

Al entrar ellas al salón, fueron recibidas con un cóctel de bienvenida. Las miradas se posaron en su grupo; se veían deslumbrantes.

Raúl las esperaba en la barra, sosteniendo en su mano un vaso de whisky. Las saludó con una sonrisa amplia y segura y las condujo hacia una mesa que ya tenía reservada.

La noche transcurría entre risas y charlas.

La música poco a poco fue cambiando, volviéndose más animada, más cercana.

Las copas se vaciaban, las miradas se cruzaban y el ambiente se llenaba de una energía que invitaba a dejarse llevar.

Raúl se levantó de su silla, dejó el vaso sobre la mesa y, con una sonrisa que desarmaba, se acercó a Paulina.

¿Bailamos? Le preguntó.

Extendiendo su mano.

Ella lo miró fingiendo sorpresa, pero en el fondo lo había estado esperando.

Tomó su mano con delicadeza y ambos se dirigieron a la pista. La música sonaba más intensa, con un ritmo cadencioso que los envolvía. Raúl la sostuvo con firmeza, guiándola con seguridad.

Paulina sintió que el mundo se detenía; solo existían ellos, el compás y la brisa marina que entraba por las ventanas del salón.

Se sintió como una quinceañera. No podía creer lo que estaba experimentando: una mezcla de emoción y alegría que hacía mucho tiempo no sentía.

Sus amigas la miraban sin poder creer lo que veían.

Entre risas y murmullos comentaba lo inesperado que resultaba ver a Paulina tan entregada al baile.

Pero esa noche, en el fondo del salón, alguien observaba intensamente a Alicia.

Ella sintió de pronto una mirada fija, casi tangible. Giró la cabeza y lo vio: un hombre la miraba con una expresión que no pudo descifrar.

Era Jaime. ¿¡Qué hacía en este lugar!? se preguntó, con el corazón acelerado. Su mente se llenó de recuerdos y preguntas. No podía apartar la mirada, como si el pasado se hubiera aparecido de pronto, en medio de aquella noche brillante. A los veinte años se había enamorado. Sentía que había conocido al hombre de su vida, flotaba entre nubes, lo idealizó, lo amó.

Pero pronto aprendió a conocerlo, y entendió que no todo lo que brilla es oro; y que el lobo viene disfrazado con muchas pieles. Ella había creído en los cuentos de hadas. En su mirada aún quedaba el destello de aquella niña que soñaba con príncipes azules y finales felices. Pero la vida, con su manera de enseñarnos a la fuerza, demostró que el amor no siempre es como en los libros. Descubrió que hay brazos que duelen, palabras que engañan y promesas que se las lleva el viento. Después de aquel desengaño, Alicia no volvió a ser la misma. No es que dejara de creer en el amor, pero aprendió a mirar con otros ojos. Se volvió más prudente, más fuerte y sabia.

Ahora entendía lo que su madre le decía cuando le advertía que no todos los «te amo» vienen del corazón.

Absorbida en sus pensamientos, no escuchó cuando Katia la llamó tres veces: —¿Qué pasa, Alicia?

Ella volvió en sí de inmediato. Trató de disimular, sonrió y se tomó un trago. Levantó su copa y lo miró fijamente, con un aire de desafío. Sonrió de nuevo y bebió un segundo trago.

Jaime reaccionó de inmediato ante la provocación de ella; sin apartar su mirada, hizo lo mismo: alzó su trago de whisky y lo sostuvo en el aire, como si brindara en su honor.

Fue un gesto breve pero cargado de significado.

En ese instante, él también revivió su historia con ella.

Recordó aquellos días en que todo había sido hermoso. Las risas, las promesas, los planes compartidos.

Pero la inmadurez y la distancia lo hicieron fallar; estando en la universidad, conoció a otra joven, y no tuvo el valor de decirle la verdad. Simplemente se alejó, dejándola sola, justo cuando más lo necesitaba.

Desde ese momento, nunca más lo volvió a ver.

Habían pasado casi dos décadas desde aquella despedida silenciosa.

El tiempo había hecho su trabajo: nuevas etapas, heridas que parecían cerradas, amores que se cruzaron en el camino.

Pero esa noche, en medio del brillo de la luz y el murmullo del mar, lo tenía otra vez frente a ella.

Después de veinte años, Alicia volvió a mirar a Jaime.

Sus amigas, curiosas, siguieron la dirección de su mirada y lo vieron. ¿Quién es él?, preguntó Camila en voz baja.

Alicia bebió un sorbo antes de responder.

Fue mi novio de juventud... Se llama Jaime.

—¿Tu novio? —repitió Katia, sorprendida.

—Sí, en otra ocasión les hablaré de él —dijo Alicia, cortante, como queriendo cerrar el tema.

La noche siguió su curso.

Paulina volvió a la mesa con Raúl y, entre risas y brindis, todos comenzaron a despedirse.

Ya era tarde, el cansancio se notaba y las amigas decidieron regresar a su habitación.

Los días pasaron entre playa, piscina y largas charlas. No se volvió a tocar el tema de Jaime.

La amistad entre Paulina y Raúl se fue afianzando poco a poco, con la naturalidad de quienes disfrutan simplemente de coincidir. Entre caminatas bajo el atardecer, ella terminó abriéndole su corazón.

Le habló con sinceridad de la frialdad que sentía en su matrimonio, de cómo su esposo se había vuelto un compañero distante, atrapado en la rutina del trabajo y el silencio.

Raúl la escuchaba con atención, sin juzgar.

También él conocía la soledad que se esconde detrás de las apariencias. Le contó que había estado casado, pero que hacía muchos años se había separado y que tenía dos hijas, que vivían todavía con la mamá. No hablaba con rencor, sino con una calma madura, como quien ya había aprendido a hacer las paces con su pasado.

Y así, entre confidencias y sonrisas compartidas, el lazo entre ellos se hizo más fuerte. No había promesas ni planes, solo la sensación de que alguien comprendía sin necesidad de explicar demasiado.

Mientras Paulina y Raúl conversaban animadamente, Alicia trataba de concentrarse en su cóctel, pero sentía la mirada de Jaime clavada en ella; no soportaba esa mezcla de nervios y nostalgia.

De pronto, él se levantó, caminó hacia el grupo con paso firme, aunque por dentro lo dominaba la incertidumbre.

Buenas tardes, dijo sonriendo, con cierta timidez. Espero no interrumpir.

Camila levantó la vista y, al reconocerlo de la noche anterior, respondió con amabilidad: —No, para nada. Siéntate con nosotros.

Alicia fingió sorpresa, como si no lo hubiera notado antes. Jaime saludó a todas y se presentó formalmente, evitando por un instante los ojos de ella. Fue un momento tenso, breve, pero cargado de silencios.

Raúl pidió otra ronda de tragos, y el grupo siguió la charla entre risas y anécdotas. Alicia permanecía callada, con la mirada perdida, mientras él la observaba de reojo, recordando lo que alguna vez fueron.

Jaime se acercó despacio, con cierta timidez, como temiendo interrumpir su tranquilidad.

Alicia dijo con voz suave. Ella lo miró con serenidad, aunque por dentro el corazón se le aceleraba.

Sonrió intentando romper el hielo: «No quiero incomodarte». Solo quería saludarte... y decirte que me alegra verte.

Hubo un breve silencio.

Vine por cuestión de trabajo, continuó él. Pero en unos días, regreso a Medellín.

Hizo una pausa, bajó la mirada y luego la volvió a encontrar. Me gustaría invitarte a un café antes de irme. Hay una conversación que debimos tener hace mucho tiempo.

Alicia lo observó con atención, sintiendo cómo se mezclaban los recuerdos y las heridas que aún dolían. No respondió de inmediato, solo levantó ligeramente la copa que tenía en la mano y dijo: «veremos, Jaime, veremos».

La miró mientras ella se alejaba y comprendió que, aunque el tiempo había pasado, había cosas que ni los años ni la distancia podían borrar.

Los días siguieron transcurriendo y Alicia, a pesar de sí misma, no podía evitar pensar en aquel encuentro; sin embargo, decidió no volver a cruzarse con él. Lo evitó en los pasillos, en la playa, en el corredor del hotel. No quería remover lo que el tiempo apenas había dejado cicatrizar.

Llegó el día en que debían regresar. A media mañana, la recepcionista la llamó para entregarle un pequeño sobre. Adentro había una tarjeta con su nombre y un mensaje escrito a mano: Alicia, fue bueno verte; espero tu llamada. Jaime.

Ella leyó la nota varias veces. No sabía si sonreír o suspirar. La guardó en su bolso, sin decidir si era un adiós o el principio de algo que la vida aún no había terminado de escribir.

Capítulo 5: "Camino de Esperanza y Pérdida".

Un día, vencido por la nostalgia y el deseo de cerrar el ciclo, Jaime decidió buscarla. Quería verla, saber de ella, aunque fuera una vez más. Había pasado un mes desde su encuentro. Salió en su búsqueda con la esperanza de hablarle, pero al llegar a su trabajo, Alicia no quiso recibirlo.

Se conformó con verla de lejos; estaba hermosa como siempre. Rodeada de mucha gente, mostraba unos folletos de decoración a unos clientes. Sintió un vuelco, un nudo en su pecho; quería gritar. Alicia no lo había perdonado. Lo miró con indiferencia y siguió su camino.

Se enteró, por una compañera del trabajo de ella, que estaba casada, era la señora Ferrer, tenía su propia familia.

En ese instante, comprendió que había sido su culpa, su falta de madurez. Eran muy jóvenes cuando se enamoraron, y él no la valoró lo suficiente. Deseaba intensamente que el tiempo se devolviera y así poder recuperarla.

No era la primera vez que la buscaba. Intentó acercarse en más de una ocasión, sin que ella se diera cuenta, pero la distancia y las circunstancias nunca estuvieron de su lado. Y ahora que estaba allí, tan cerca, todo había sido imposible. Ella no quiso regresar al pasado. Lo había olvidado... o quizás no quería recordarlo.

Se fue. Siguió con su vida, sin más compañía que el eco de sus recuerdos. Nadie más hizo vibrar su alma de esa manera. A veces, en medio de la noche, se sienta a mirar esa vieja fotografía que aún conserva, donde están los dos, felices y enamorados. Cierra los ojos y la imagina sonriendo como entonces.

Aún espera un milagro, aunque sabe, en el fondo, que nunca llegará. Busca en los brazos de otras mujeres recuerdos de ella, tratando de llenar ese vacío que lo acompaña en su soledad.

"Este relato no es solo suyo; es el reflejo de muchas vidas que han amado, que han perdido y que han aprendido a volar."

Paulina, mientras cocinaba un estofado, recordó sus vacaciones con sus amigas, aquel día maravilloso en el que se encontró con Raúl. Era una mujer bella, dedicada a cuidar su hogar; atendía con amor cada detalle, procurando que nada faltara; era exigente consigo misma y con los demás; le gustaba que todo estuviera impecable en su casa. Sin embargo, no podía entender ese sentimiento que la embargaba.

Su hija mayor se había ido a estudiar a Inglaterra y estando allí conoció a un joven, y a los pocos meses contrajo matrimonio. Los dos menores aún vivían con ella; con una sonrisa constante, hacía todo lo posible por mantener vivo el amor en su casa. Por no dejar que se apagara lo que un día juraron construir juntos.

Pero José Luis era frío en su trato; su comportamiento era deprimente. Con el tiempo, comenzó a maltratarla emocionalmente; sus desplantes cada vez eran mayores, sin importar lo que ella sintiera o cuánto se esforzara.

En las noches ella se lo imaginaba, abrazándola, besándola, haciéndola sentir mujer. Añoraba cada momento y recordaba con nostalgia cuando se conocieron y cuánto había cambiado. Lloraba en silencio y se preguntaba. ¿Qué pasó? ¿Dónde quedó ese amor que juramos ante Dios, y nuestros votos que escribimos con tanta ilusión? ¡John definitivamente era otro! Ya no era el mismo; su trabajo, sus ausencias, lo habían transformado. Se convirtió en un hombre frío y distante. Su corazón ya no le pertenecía.

Su pensamiento se interrumpió cuando sonó su teléfono. Había ocurrido un accidente; había salido temprano, iba de viaje, pero esta vez la vida tenía otros planes. Llegando al aeropuerto con su asistente, su carro chocó con otro y de forma repentina quedó en tan mal estado que ni siquiera tuvo tiempo de pedir perdón. Paulina quedó devastada; no tuvo la oportunidad de decirle cuánto le dolía su falta de amor. El silencio de ellos se había convertido en una herida profunda.

Sus amigas, al recibir la noticia de la muerte de José Luis, quedaron en suspenso; todas salieron al encuentro con ella para apoyarla.

Su funeral fue hermoso; acudieron todos sus amigos, sus hermanos y su suegra.

Paulina en las noches llora y no entiende la vida; se ha sumergido en el dolor. Días después, entre llamadas y recuerdos que no quería abrir, se enteró de algo que la dejó sin aliento. José Luis: le había sido infiel con una compañera de trabajo. Al principio sintió rabia, humillación, una punzada fría en el pecho. Pero con el tiempo comprendió muchas cosas: su distancia, su frialdad, sus silencios. Entonces, poco a poco, dejó de culparse. Entendió que no fue su falta de amor la que destruyó su matrimonio, sino la pérdida del de él.

Esa verdad, aunque dolorosa, la liberó. Lloró una última vez, no por lo que había perdido, sino por lo que finalmente comprendía.

Camila la visitaba y trataba de convencerla de que realizaran un viaje, pero ella siempre se negaba.

Con el paso del tiempo, y con la ayuda de Dios, fue sanando junto con sus hijos y el apoyo de sus amigas.

Un día se mira en su espejo y decide darse una oportunidad: realizar aquel viaje que siempre había soñado.

Capítulo 6: "El deseo de lo prohibido".

Aquella tarde, el encuentro de Juan con Camila lo dejó pensativo. Ella se había convertido en una mujer hermosa, elegante y muy inteligente.

Sabía que se había divorciado de Humberto, con quien había estado casada durante veinte años. Ella había creído que él era el hombre de su vida, con quien siempre había soñado; pero se equivocó, él tenía una doble vida y, frente a su círculo social, era el Dr. Humberto: el responsable, atento y amoroso.

Al llegar Camila al restaurante, Juan se quedó mirándola con una intensidad que la congeló. Una mirada larga, sin pudor, sin freno. La recordó en su noche de pasión. Por un instante, el amor que ella recordaba pareció disolverse, y quedó solo un hombre, crudo, expuesto, dominado por un deseo que brotaba desde lo más primitivo.

No era una mirada inocente: era una lujuria descontrolada. Un deseo que ardía en los ojos como un fuego mal contenido. Camila se impactó, no por moralismos, no por juzgarlo, sino porque aquella mirada le reveló algo más hondo: el lado oculto que todos llevamos, incluso quienes creemos conocer.

Se sintió incómoda. Se le cayó la servilleta. El momento que siempre había imaginado parecía desvanecerse.

Juan notó su incomodidad y trató de disimular. Hubo un silencio breve, pesado, hasta que él, con voz temblorosa, le pidió disculpas.

—Perdóname, si te incomodó la forma en que te miré... —dijo con sinceridad.

Ella lo miró a los ojos y respondió con franqueza:

—Sí. Por un instante me sentí desnuda... nunca me habían visto de esa forma.

Después continuaron la cena en medio de conversaciones cautelosas. Al finalizar, él la acompañó hasta su casa. Cuando se despidieron, él se acercó para darle un beso en la mejilla, pero ella reaccionó y, sin pensar, lo besó ardientemente. Como si ese gesto contuviera todo lo que había callado."

La miró... Y por un instante, no existió el resto del mundo.

Esa noche, no pudo conciliar el sueño. No sabía si lo que había sentido era lujuria o pasión, o una mezcla de ambas.

Al día siguiente llamó a su confidente, Paulina, y le contó lo ocurrido en la cena con Juan y de su beso.

Paulina se limitó a escucharla en silencio, pero al colgar el teléfono no pudo evitar preguntarse cómo sería eso, esa pasión que ella jamás había sentido con su esposo, y desde entonces, entendió que la lujuria no tiene tiempo, ni rostro, ni medida. Se cuela sin permiso, se apodera del alma y, a veces, deja atrás más preguntas que certezas.

Con el paso de los días, Juan volvió a llamar a Camila. Su voz sonaba ronca pero serena; en el fondo había una inquietud que no podía ocultar. Le propuso volver a verse. Desde aquella cena no había dejado de pensar en ella; algo en su interior se lo impedía. Camila, tras un breve silencio, aceptó la invitación. No sabía si era curiosidad, atracción o simple deseo de vivir lo impensado. Algo dentro de ella también quería volver a verlo.

Capítulo 7: "El peso del Secreto,

Katia llevaba veinticinco años de casada con Cristian; su matrimonio, visto desde afuera, parecía casi perfecto. Tenían un hijo mayor que estaba por terminar la universidad. Ella trabajaba en una reconocida empresa multinacional, ocupando un alto cargo que le exigía disciplina, liderazgo y temple. Cristian, por su parte, era un abogado prestigioso, respetado en su entorno, admirado por su dedicación y por la solidez de su carrera. Era para muchos el reflejo de una familia estable, con logros y armonía.

Pero con el tiempo, Katia empezó a notar cambios. Cristian ya no era el mismo. Se ausentaba con frecuencia, hablaba cada vez menos y sus jornadas laborales se hacían cada vez más extensas. Su presencia se volvió rutina, su cariño, una formalidad.

Un día, movida por una inquietud que no supo explicar, Katia tomó el teléfono de Cristian. No era algo que solía hacer, pero algo dentro de ella la empujó a hacerlo.

Revisó los mensajes, sin saber exactamente qué buscaba, hasta que uno detuvo su respiración. Era un mensaje de amor. Corto, claro y devastador.

En ese instante lo supo: Cristian la engañaba.

El mundo se le vino abajo en silencio. Sintió una mezcla de rabia, tristeza y desilusión que la dejó sin palabras. Todo lo que creía seguro, su hogar, su confianza, su historia, se tambaleó como un castillo de arena frente a una ola inesperada.

Esperó a que Cristian saliera para el trabajo. Apenas escuchó el sonido del motor alejándose, sintió que el silencio de la casa la envolvía por completo. Con las manos aún temblorosas, tomó el teléfono y marcó el número de su amiga Alicia.

Necesitaba desahogarse, contarle lo que acababa de descubrir. Cuando Alicia respondió, Katia apenas pudo hablar. Le narró entre sollozos lo sucedido, sin saber qué hacer ni cómo enfrentar aquel golpe que le había dado el destino.

—Alicia... —dijo Katia apenas logró articular las palabras. No sé qué hacer; encontré un mensaje de amor en el teléfono de Cristian.

Hubo un silencio al otro lado de la línea, y luego la voz serena de su amiga respondió:

Katia, cálmate. —Tal vez hay una explicación —intentó consolarla.

No, Alicia. No es cualquier mensaje. Era claro, muy claro. Hay alguien más, dijo con la voz entrecortada, mientras una lágrima se deslizaba por su mejilla.

Alicia suspiró. La conocía desde muchos años atrás; sabía que Katia no era impulsiva ni dada a suposiciones.

Escúchame bien, amiga. Antes de hacer nada, respira, no tomes decisiones con el corazón herido. Si él te falló, que sea él quien cargue con la culpa, no tú con el dolor, le aconsejó con suavidad.

Katia colgó el teléfono y permaneció en silencio, mirando el vacío. Su mente era un torbellino. En el fondo sabía que algo se había quebrado y, sin embargo, parte de ella aún quería entender, escuchar, buscar respuestas.

Entonces recordó aquella nota encontrada en su maleta, ese regalo oculto que había guardado en el rincón del armario, pensando que era para ella, pues se acercaba su cumpleaños. Sumida en sus pensamientos, la sobresaltó el sonido del teléfono. Sonaba y sonaba. Era Mauricio. Coincidencialmente, la llamaba como todos los años, para felicitarla por su cumpleaños, el cual, esta vez, ella había olvidado.

Mauricio, su antiguo amor, aquel que nunca había olvidado del todo, apareció como si el destino caprichoso y persistente volviera a ponerlo en su camino justo cuando su mundo empezaba a resquebrajarse.

—¿Katia? —La voz de Mauricio sonó serena, con ese timbre que aún la estremecía. No sabía si llamarte... pero algo me dijo que hoy debía hacerlo.

Ella tragó saliva. Su voz tardó unos segundos en salir.

Hola, Mauricio... respondió casi en un susurro. No recordaba que hoy era mi cumpleaños.

Lo imaginé, dijo él con una risa cargada de melancolía. Siempre decías que odiabas los cumpleaños porque te hacían pensar en lo que no habías hecho todavía.

Katia guardó silencio. Una lágrima rodó sin permiso.

Hoy... descubrí algo que me rompió, confesó con la voz temblorosa. Cristian tiene otra.

Del otro lado del teléfono, Mauricio permaneció callado unos segundos. No sé qué decirte, Katia. Respondiendo al fin, con tono grave. Una... parte de mí sabía que algún día él podría hacerte daño.

¿Por qué dices eso?

Porque hay hombres que no saben cuidar lo que tienen. Dijo él con un tono dolido. Y tú... tú siempre diste más de lo que recibiste.

Ella le respondió: «No quiero seguir viviendo una mentira y no necesito una explicación». Como siempre te lo he dicho: "El que la hace una vez, vuelve y la hace otra vez".

Mauricio guardó silencio al otro lado del teléfono. Sabía que cualquier palabra podría sonar vacía ante el dolor que ella sentía.

—¿Qué te puedo decir, Katia? —respondió con voz suave. Mi situación tampoco es sencilla. Tú sabes que no amo a mi esposa; me casé por compromiso intentando hacer lo correcto, pero desde hace años vivimos en una apatía que nos consume.

Hubo un silencio breve, lleno de recuerdos no dichos.

Y aunque el tiempo haya pasado, nunca pude olvidarte. Fuiste y sigues siendo mi gran amor, dijo él con voz temblorosa.

Katia guardó silencio. Sentía el corazón apretado, lleno de recuerdos, de heridas y de confusión. No quería abrir más puertas.

—Adiós, Mauricio —dijo suavemente.

—¿Puedo llamarte algún día? —preguntó él, casi en un susurro.

Durante semanas, Katia se permitió llorar, pensar, romperse y volverse a armar.

Un día, frente al espejo, se miró diferente.

Cambió su estilo, renovó su forma de vestir y comenzó a pensar en ella misma.

Consiguió un nuevo trabajo que la entusiasmaba y, sin buscarlo, descubrió una pasión dormida: Pintar lienzo tras lienzo.

Katia fue sacando su dolor, su silencio y sus nuevos colores.

Cristian, mientras tanto, no dejó de insistir; le pedía perdón, le enviaba flores, le ponía serenatas, tocaba su puerta para saber cómo estaba. Pero ella no respondió de inmediato. Quería estar segura de que no era nostalgia... sino una transformación verdadera.

Capítulo 8: "La Grieta Invisible"

Esa noche, Alicia se acomodó en su cama. No podía conciliar el sueño. Julián había viajado por trabajo, y la casa, en su silencio, le pesaba más de lo habitual. Pensaba en Katia, en lo que estaba pasando, y una inquietud la acompañaba desde hacía días, como si algo dentro de ella también estuviera moviéndose.

Recordó el libro que había comprado esa tarde, en la librería del centro. Lo tomó del escritorio, encendió la lámpara y lo abrió con curiosidad.

El título le llamó la atención: "Cuando ya no aguantó más" —Dos posibles finales".

En la primera página, una pregunta la detuvo:

¿Cuál será el tuyo?

Narrado por Juliana: "Camino de esperanza"

"Sebastián fue durante años un hombre sereno, de pocas palabras, responsable, amoroso, padre de dos hijos, abuelo de dos nietos y esposo de Juliana..."

Alicia leyó despacio.

Cada palabra le pesaba más que la anterior.

Pensó en su propio hogar, en esas rutinas tan parecidas, en los silencios que a veces la visitaban sin motivo.

Siguió leyendo:

"Ella, en cambio, hablaba con el cuerpo y con los ojos. Tenía fuego en el alma y un radar para las verdades no dichas".

Alicia se estremeció.

Sentía que Juliana era una versión de sí misma: cuidadosa, paciente, pero agotada por dentro.

Siguió.

"Primero fueron las pequeñas señales: un cansancio persistente, silencios prolongados, una mirada más lejana cada día..."

Se llevó la mano al pecho.

Sintió una punzada.

"¿Y si eso también le pasará a Julián?

Pensó.

Pero enseguida lo negó.

"Solo está cansado, viaja mucho... nada más".

Continúo con la lectura.

"Una noche, mientras dormían, Sebastián se levantó. No podía conciliar el sueño. Fue al baño y vio sus pastillas en el estante..."

Alicia apretó el libro con fuerza.

Sintió un nudo en el pecho, una mezcla de miedo y compasión.

—Ay, Dios... que no sea lo que imagino.

—Volvió a leer.

"Sin pensar, tomó más de la dosis recetada. Juliana, aún dormida, escuchó el golpe, corrió al baño y lo encontró en el suelo.

Lo llamó entre lágrimas, sin entender.

Nunca pensó que Sebastián también podría romperse".

Alicia cerró los ojos un momento.

Recordó una noche en la que Julián también había llegado tarde sin hablar, con una tristeza que no supo leer. Sintió un nudo en el estómago.

Continuó la lectura con el corazón más acelerado.

Con esfuerzo, orden y voluntad, Juliana acompañó a Sebastián hasta la clínica. Fueron noches largas, oscuras, llenas de palabras no dichas y lágrimas contenidas. Poco a poco, gracias al tratamiento, Sebastián comenzó a salir del abismo y juntos decidieron hacer un camino, una vida más tranquila, más cercana, con menos carga, pero con paz.

Alicia cerró el libro lentamente. Suspira, siente que el corazón todavía le late acelerado. Decide que continuará la lectura otro día, dejando que el eco de esa historia se quede con ella por unas horas.

Sintió el miedo de perder, de no haber entendido a tiempo. Contuvo el aliento, respiró y expresó: «Qué fortaleza la de ella.

Entendió que lo que la había conmovido no era solo la historia de Juliana y Sebastián, sino su propio reflejo. Llevaba más de veinticinco años de casada. Su hogar era estable, lleno de rutinas sencillas, memorias cálidas y domingos compartidos en familia. La vida le había dado un solo hijo, que se había casado muy joven y pronto la convertiría en abuela.

Se preguntaba por un instante cómo hubiera sido su vida si hubiera tomado decisiones distintas. Pensaba en Jaime. Ese amor que quedó oculto en lo más profundo de su corazón.

Capítulo 9: "Las Ruinas Florecen"

Los días pasaron rápidamente y pronto llegó el momento de despedir a Paulina. Sus amigas organizaron una pequeña reunión en la cafetería de siempre. Alicia, con el libro aún entre las manos, comentó lo mucho que la estaba conmoviendo la historia que leía, y que iba en lo mejor del capítulo.

Paulina, con una mezcla de emoción y nostalgia. Anunció la fecha de su viaje hacia España, donde iniciaría un nuevo capítulo de su vida.

Katia, por su parte, compartió con el grupo la amarga verdad sobre la infidelidad de su esposo, mientras Camila confesaba que se había tomado un tiempo para sí misma y que estaba decidida a aceptar las invitaciones de Juan, pues quería conocerlo mejor.

Fue entonces cuando Camila vio entrar a Martha, su antigua compañera del colegio, que estaba en el otro salón.

¡Marta! Exclamó sorprendida.

Ella, como siempre divertida y llena de energía, saludó a todas con una sonrisa amplia y se sentó con ellas, lista para ponerse al día y compartir historias.

Camila tomó la palabra.

Ajá, Marta, cuéntanos qué hay de tu vida.

Todas la miraban con curiosidad, ansiosas por saber qué había sido de ella. Marta sonrió y comenzó a relatar:

Me divorcié al poco tiempo de casarme, dijo con un dejo de nostalgia. Fue duro, pero la vida siempre tiene nuevas oportunidades. Y entonces conocí a Antonio.

Hicimos clic desde el primer momento. Es barranquillero, tiene una sonrisa amplia que contagia y una manera de hablar que hace parecer que nada en el mundo pudiera salir mal. Lo conocí en una reunión de trabajo y, poco a poco, fuimos pasando de un café a una

cena, de llamadas nocturnas a planes de vida. Todo fluyó casi como una historia perfecta.

Entonces preguntó Camila,

¿Y en cuánto tiempo se casaron?

Marta contestó: a los seis meses de novios.

Todo fluyó tan bien que decidimos formalizar nuestra relación y poco después pusimos en marcha un negocio juntos.

Paulina, un poco curiosa, preguntó:

¿Qué clase de negocio montaron?

Marta sonrió y respondió: "Es un negocio de decoración de jardines,

Terrazas, hogares, oficinas y edificios.

Marta, con curiosidad, preguntó a sus amigas: «¿A qué se debe esta reunión?

—Estamos despidiendo a Paulina, que viaja para España —dice Camila, con una sonrisa mezclada con nostalgia.

—Pau quedó viuda y ahora va a cumplir el viaje de sus sueños — Alicia, un poco emocionada, la abrazó en silencio.

Marta, conmovida, bajó la mirada unos segundos, pensando en lo importante que era acompañar a una amiga en momentos así.

Katia levantó su copa y, con una sonrisa cómplice, dijo: —Entonces, ¡brindemos todas por el viaje de Pau!

Entre risas y palabras de cariño, las amigas chocaron sus copas. Al final, Marta se despidió, entregando a cada una su tarjeta del negocio y deseándole bendiciones y éxito. Luego se marchó, dejando un rastro de alegría y buenas vibras que acompañaría a Paulina en su nuevo viaje.

Cada una se despidió y tomó su camino hacia casa. Alicia, al llegar, encontró la casa en silencio, pues su esposo todavía estaba de viaje.

Recordó el libro, que había dejado a medio leer, y decidió continuar. Sacó un vaso de leche de la nevera, el cual acompañó con un pequeño bocadillo, y se acomodó en la silla reclinable de su cuarto.

Con el libro en mano, abrió la segunda parte del libro: Camino de pérdida. Se preguntó: «¿Qué será?» se sumergió nuevamente en la historia, sintiendo cada palabra, cada emoción; a medida que leía, comprendió que esta historia tomaba un rumbo distinto. Sebastián no pudo ser salvado por los médicos; la tristeza y la desesperación lo habían consumido.

Juliana, con el corazón roto, pensó: "Si hubiera sabido... no habría dejado que esto pasara". Alicia se detuvo un instante, conmovida, sintiendo cómo la historia la atravesaba y cómo el dolor de ella resonaba en su propia reflexión sobre la vida, el amor y la fragilidad humana. Respiró hondo, cerró el libro por un momento y decidió continuar la lectura al día siguiente, dejando la historia abierta en su mente y en su corazón, pero no dejaba de pensar en esa frase:

. "Nunca pensé que Sebastián también podía romperse".

Alicia estaba sumida en sus pensamientos, aún reflexionando sobre lo que había leído en el libro. De pronto, sonó su teléfono: era Julián, anunciándole que llegaría mañana por la tarde. Esa noticia la hizo despertar de su ensimismamiento y prepararse para hablar con él sobre lo que sentía y pensaba.

La lluvia tenía un murmullo constante sobre las tejas. Alicia, con la taza caliente entre las manos, se acercó a la ventana donde Julián miraba el cielo oscuro; acababa de llegar de su viaje de negocios.

—Puedo hacerte una pregunta sin que te pongas a la defensiva. —Giró despacio, asintiendo, sin hablar.

Tú sientes que la pasión entre nosotros... cambió.

Julián se quedó en silencio, bajó la mirada, respiró hondo antes de contestar.

—Sí. Y durante mucho tiempo pensé que era culpa tuya... hasta que me di cuenta de que era más fácil culparte que mirar hacia mí.

Alicia lo observó, sorprendida por la sinceridad.

Continuó:

La pasión no se va de golpe. Se va en las pequeñas cosas que dejamos de hacer. En los besos que se posponen. En los "más tarde" que nunca llegan. Y también en los silencios que llenan el espacio donde antes vivía la risa.

-- ¿Crees que ya no nos deseamos? —susurró ella.

Julián negó con la cabeza, con ternura.

Yo aún te deseo, Alicia. Pero a veces confundo el cansancio con la costumbre. Y olvidó que el deseo también necesita tiempo, esfuerzo... y alma.

Ella se acercó y lo tomó de la mano. ¿Crees que podemos encender lo que dormimos?

Sí, dijo él. Pero no como antes. Ahora será diferente: menos fuego, más calor; menos urgencias, más intención.

Alicia lo abrazó y, en ese instante, entendió que el amor no siempre ruge; a veces solo respira y sigue latiendo.

"No necesitamos un amor que nos incendie, necesitamos uno que nos abrace sin soltarnos, incluso en la rutina" —Alice Hernández.

Capítulo 10: "Inicio de un Despertar"

El domingo llegó con la brisa fresca de la mañana. Paulina, nerviosa pero llena de ilusión, caminaba por el aeropuerto con sus dos hijos, sus maletas y sus amigas que la estaban acompañando.

Era el inicio de un nuevo capítulo, un despertar hacia lo que siempre había soñado: vivir en España y abrirse a nuevas experiencias.

Tras despedirse entre abrazos, lágrimas y palabras de cariño. Paulina subió al avión con sus hijos.

Mientras tanto, Camila, Katia y Alicia regresaban a la cafetería donde solían reunirse. Allí compartieron recuerdos, risas y un silencio cargado de emociones. Camila aprovechó para preguntar si alguien había sabido algo de Raúl. Katia negó con la cabeza, recordando que, tras la muerte de José Luis, Raúl solo le había dado el pésame y luego se había mantenido distante, quizás respetando su duelo.

Todas se quedaron pensativas, conscientes de que la vida a veces separa a las personas, aunque los recuerdos y los sentimientos permanezcan latentes.

Mientras sorbía su café, Katia miró a sus amigas y respiró hondo.

Chicas, empezó con voz contenida, Cristian me pidió que nos encontráramos en la dulcería donde nos conocimos... quiere hablar conmigo.

Alicia y Camila la miraron sorprendidas. —¿Después de todo lo que pasó? —preguntó Camila.

Katia asintió, con el rostro serio, pero firme. Sí... aunque hemos decidido vivir separados, él insiste. Creo que quiere intentar aclarar las cosas, aunque no sé si yo esté lista para escuchar.

Alicia tomó su mano con suavidad. Lo importante es que tú decidas lo que es mejor para ti, Katy. Nadie puede apresurar tu corazón.

Camila agregó con una sonrisa leve: —Y recuerda, estamos aquí para ti, siempre.

Katia suspiró, dejando que la tensión se disipara un poco. Mientras observaba la calle desde la ventana de la cafetería, su mente repasaba los últimos días, los recuerdos, los sentimientos y la posibilidad de un diálogo que podría cambiarlo todo, o nada.

El murmullo de la ciudad y el aroma a bizcocho recién horneado los envolvía mientras las amigas permanecían en silencio por un momento, cada una sumida en sus propios pensamientos. Alicia pensaba en el libro que había dejado abierto la noche anterior, en las historias que inspiran decisiones difíciles y en cómo cada uno enfrenta su propia verdad.

Camila recordaba la determinación de Paulina al emprender su viaje y sentía que también era un recordatorio de que la vida siempre ofrece nuevos comienzos, aunque duelan las despedidas.

Katia, mientras tanto, miraba su reflejo en el cristal de la cafetería y se preguntaba qué camino tomaría al encontrarse con Cristian. Un nudo de emoción se instaló en su pecho, pero también una chispa de claridad: por primera vez en mucho tiempo, sentía que podía elegir con libertad, sin miedo ni culpa.

El reloj avanzaba lentamente, y mientras la tarde se teñía de tonos cálidos, las tres amigas comprendieron que, aunque cada historia es diferente, el coraje para enfrentarla y la compañía de quienes nos quieren siempre marcan la diferencia.

Mientras Katia estaba concentrada en su café. Conversando con Camila sobre la despedida de Paulina y las novedades de su vida. La puerta de la cafetería se abrió y un rostro familiar entró. Era Juan. Sus ojos se encontraron con los de Camila. Y con una sonrisa tímida, pero decidida, se acercó a la mesa donde estaban las amigas.

Camila, sorprendida y a la vez contenta, le hizo un gesto para que se sentara.

Juan se acomodó en la silla vacía y comenzó a conversar con ellas, preguntando por Paulina. Camila le explicó que acababan de dejarla en el aeropuerto, pues iba rumbo a España.

La miró, sonrió y le dijo que se alegraba de verla, que hacía tiempo no sabía de ella.

Camila, un poco sorprendida, le respondió que también se alegraba de verlo, y, con su sonrisa de siempre, le preguntó qué más había de nuevo, por qué andaba tan perdido.

Le respondió, con tono tranquilo. El trabajo me ha tenido bastante ocupado; he estado viajando por negocios, pero ahora cuento con algo más de tiempo.

Entonces le dijo:

Si quieres, mañana por la noche podemos salir a comer.

Camila dudó un poco, y las amigas, sin perder tiempo, la animaron con risas y miradas cómplices.

—Ve, Camila, aprovecha —le dijo Katia entre carcajadas.

Camila terminó aceptando y quedaron en verse al día siguiente. Juan se despidió de todas y se marchó. Apenas se fue, las tres amigas se miraron y soltaron una carcajada.

Bueno, dijo Camila sonriendo, ya tengo programa para mañana.

Entonces Alicia comentó: "Yo voy a aprovechar también porque mañana pienso encontrarme con Julián.

Katia le interrumpió:

Perdón, Alicia, yo soy la que va a ver a Cristian. Necesito hablar con él y aclarar algunas cosas.

Alicia rió y respondió:

Tienes razón, Katia. Yo, en cambio, tuve una conversación profunda con Julián y decidimos aprovechar que mañana es viernes para pasar la noche juntos, los dos solos, en una habitación de hotel. Quiero revivir nuestro amor, nuestra pasión.

Camila soltó una carcajada y dijo: «Vaya, vaya, esto se pone muy interesante».

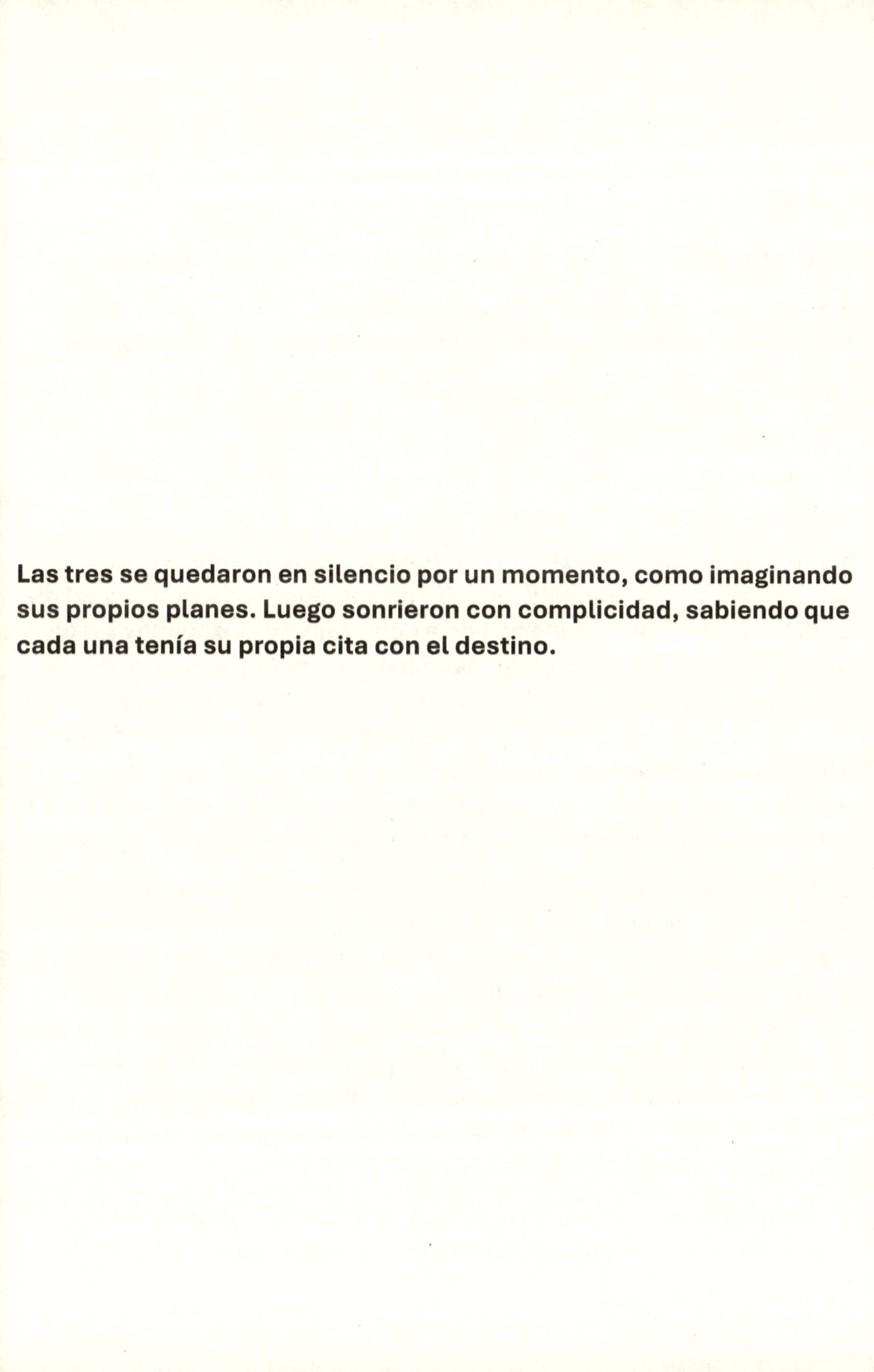

Las tres se quedaron en silencio por un momento, como imaginando sus propios planes. Luego sonrieron con complicidad, sabiendo que cada una tenía su propia cita con el destino.

Capítulo 11: "Deseo de libertad y pasión"

Hay momentos en que el alma ya no puede sostener más el peso del disfraz.

La coraza se agrieta, el secreto arde, el miedo se vuelve insoportable.

Y es allí, en ese instante de desnudez interior, donde ocurre el verdadero encuentro contigo mismo, con tu historia, con Dios.

Un Dios que no juzga, que no empuja, que no exige perfección, sino que susurra con amor: Sé tú, solo así podrás ser libre".

Porque no hay paz más grande que la de vivir en verdad y no hay camino más espiritual que aceptarte con compasión.

Katia aceptó encontrarse con Cristian en la misma dulcería donde años atrás, por casualidad, se habían conocido. Recordaba aquel día, como si fuera ayer. Había entrado a comprar unos bizcochos y, sin querer, ambos extendieron la mano hacia la misma bandeja. Desde entonces, sus destinos se habían entrelazado. Esa tarde, mientras el sol caía lento sobre la ciudad, Katia llegó con el corazón inquieto. Llevaban meses viviendo bajo el mismo techo, pero separados por un silencio que pesaba más que la distancia. Cristian la esperaba en una mesa junto a la ventana, con dos cafés servidos y la mirada baja.

Fue una conversación larga, sincera, sin reclamos, pero cargada de verdad. Se miraron como dos personas que ya no eran las mismas, pero que aún compartían algo intacto: un amor que había resistido el desgaste y la culpa. Katia le dijo él, con voz serena: «sé que fallé. Pero te sigo amando. He comprendido lo que perdí. Fue un error, un momento de egoísmo, de vacío... Ella guardó silencio. Observó sus manos entrelazadas, pensó en los años, en los viajes, en los silencios. Yo también te amé, le respondió finalmente, pero ahora me amo primero a mí misma.

Cristian asintió, comprendiendo que no sería fácil. Aun así, le prometió que haría todo lo posible por conquistarla.

Katia lo miró con una mezcla de ternura y distancia. No sabía si volvería a amarlo igual, pero había algo dentro de ella que aún quería creer.

Mientras tanto, en otro rincón de la ciudad, Alicia preparaba su propio reencuentro.

Julián, su esposo, había hecho reservas en el mejor hotel de la ciudad, para pasar allí el fin de semana, como cuando se casaron.

Ella dudó por un instante, pero su corazón le recordó que también merecía volver a sentirse viva. Era como si sus alas siguieran cerradas.

Al llegar al hotel, encontró la habitación decorada con pétalos rojos, flores frescas, chocolates y una botella de champaña helada. La música suave llenaba el ambiente. Julián la tomó de la mano y, sin decir palabra, la invitó a bailar.

Sonaba su canción de novios, esa que había quedado olvidada entre rutinas y años. Mientras giraban lentamente, Alicia cerró los ojos y dejó que los recuerdos la envolvieran: el día de su boda, la risa compartida, los sueños que alguna vez los unieron.

Esa noche, entre abrazos y silencios, no sólo recuperaron la pasión, sino también la certeza de que el amor verdadero, aunque se desgaste, puede volver a florecer si se riega con ternura y perdón.

Esa misma noche, Camila se apresuraba en arreglarse. Escogió un vestido sencillo pero encantador, de esos que insinúan más de lo que muestran. No quería deslumbrar, solo sentirse cómoda. Recogió su cabello dorado en un moño elegante, dejando su rostro libre y sus ojos aguamarinos aún más resplandecientes.

Juan llegó puntual a las siete y treinta. Esperó en el lobby del edificio y, cuando la vio aparecer, su corazón dio un vuelco. ¿Qué me está pasando?, pensó. Cada vez que la veo, algo en mí se sacude, como si una mariposa se empeñara en revolotear dentro de mi pecho.

Camila sonrió, y juntos se dirigieron al restaurante. La mesa, junto a una ventana iluminada por la luz tenue de las farolas, fue testigo de risas, miradas largas y silencios cómplices.

Brindaron con el mejor vino de la casa, compartieron historias y, cuando llegó el momento del postre, Juan pidió una botella especial.

Sirvió dos copas y, tomando la mano de Camila con ternura, le dijo en voz baja: «No quiero seguir mirándote desde lejos; quiero conocerte de verdad esta vez, sin prisa.

Ella lo miró a los ojos, y tras un instante de duda, sonrió.

—Está bien, Juan. Me daré otra oportunidad —susurró, dejando que la esperanza volviera a encenderse, suave y luminosa en su corazón.

Paulina llegó a Madrid una tarde gris, con el corazón entre la nostalgia y la esperanza. En el aeropuerto la esperaba Zila, una amiga de juventud a quien no veía desde hacía muchos años. Ella se había casado con un prestigioso abogado y estaba muy feliz, a pesar de que no habían tenido la oportunidad de convertirse en padres.

Al verse, se fundieron en un abrazo largo de eso que no borra el tiempo y traen de vuelta la cercanía de antaño.

Zila la llevó a su apartamento, muy acogedor, en el centro de la ciudad.

Entre tazas de café y risas compartidas, Paulina le preguntaba por su esposo, David.

—Anda de viaje por Marruecos, en asunto de negocios. Lleva un mes fuera —respondió Zila con serenidad.

Tomándole la mano con cariño, le dijo: "Esta casa es tu casa".

Paulina sonrió, sintiendo que aquel reencuentro no era casualidad, sino el inicio de una nueva etapa.

Durante la charla, Paulina le pregunta si su amigo de finca raíz había logrado encontrarle un apartamento en Málaga. Zila asintió, contándole que en unos veinte días se lo entregaría. Era un apartamento hermoso, con vistas al mar que ya había visto por fotografías. Le propuso ir a conocerlo juntas y, mientras tanto, disfrutaron los primeros días recorriendo Madrid.

Una tarde, mientras Paulina caminaba por la Gran Vía observando las vitrinas, una voz conocida la sorprendió: era Raúl.

Se miraron unos segundos, como si el tiempo se hubiera detenido.

Él sonrió y le dijo: —¡Qué casualidad! Ahora sí no te voy a dejar ir.

Paulina sonrió sin decir palabra, pero en su mirada había algo distinto: una mezcla de calma y esperanza.

Ella le presentó a sus dos hijos, Karla y Andrés. Su amiga Zila también se presentó con amabilidad.

Raúl, entusiasmado, los invitó a tomar un café.

Entre sonrisas y miradas cómplices, comprendieron que quizá la vida les estaba dando una segunda oportunidad.

Capítulo 12: "Abismo Interior"

Hay un lugar dentro de nosotras donde nadie entra. Un rincón silencioso, oscuro, que ni el amor, ni la fe, ni la razón logran iluminar del todo.

Es allí donde duelen las preguntas sin respuesta. Donde los miedos se hacen eco. Donde el Ser se encuentra con su herida más profunda... Y también, con la posibilidad de renacer.

El abismo interior no siempre es una caída. A veces es una pausa. Un grito ahogado. Una soledad que limpia. Una sacudida del alma que nos obliga a mirar de frente lo que durante años escondimos bajo la alfombra del "estoy bien". En ese abismo no hay máscara. No hay títulos, ni roles, ni maquillajes. Solo la esencia desnuda. El ser herido. El que llora sin saber por qué. Pero si tenemos el valor de quedarnos un poco más, allí brota algo: una fuerza nueva. Un susurro de esperanza. Un hilo de luz que empieza a tirar de nosotros hacia arriba. Porque solo quien ha tocado fondo entiende el valor de volver a levantarse.

> ***Hay silencios que pesan más que las palabras. Hay hombres y mujeres que caminan erguidos por fuera, pero por dentro... se están cayendo y nadie lo nota. A veces ni ellos mismos lo comprenden*.**

Esa tarde, Camila recibió una llamada inesperada de Marta. Su voz sonaba quebrada, como si contuviera el llanto. Camila, necesito hablar contigo, dijo con un hilo de voz. No aguanto más, tengo algo que contarte.

Camila se preocupó y le propuso encontrarse en la cafetería donde solían reunirse. Al poco tiempo, Marta llegó con el rostro pálido, los ojos enrojecidos y las manos temblorosas.

Se sentó frente a su amiga, respiró profundo y soltó la verdad que la estaba ahogando.

Descubrí que Antonio tiene una relación con mi prima Mariana.

Camila no supo qué decir. Marta continuó con lágrimas ya corriendo por su rostro.

No lo puedo creer, Camila... Mariana era como mi hermana. Crecí con ella, le confié todo y ahora me traicionaron los dos.

Apenas llevamos unos años de casados y él ya me está pidiendo el divorcio. No entiendo qué pasó, no entiendo en qué momento todo cambió.

Camila la tomó de la mano para consolarla; sabía que ninguna palabra podría aliviar un dolor así, pero su silencio fue más sincero que cualquier consuelo. Con un tono suave, le preguntó a Marta cómo había pasado todo.

Marta comenzó a contarle.

Durante los primeros años, todo floreció: el negocio, las metas, las risas. Crecieron los contratos, los clientes... todo iba bien.

Pero las mañanas se habían vuelto frías. Los almuerzos eran separados, las noches apagadas.

—Comencé a sentirme como otra planta más del catálogo: Funcional y decorativa, pero olvidada. Ya no me comentaba nada sobre mi ropa nueva, ni se fijaba si estaba cansada o si llegaba con los ojos llorosos. Me convertí en invisible.

Con el tiempo pensé que era normal, que así son los matrimonios. Después de un tiempo, me repetía lo mismo: Llegué a la conclusión de que, mientras hubiera respeto y siguiéramos trabajando juntos, no había porqué preocuparse.

Hasta que un día enfermé. No era nada grave, pero me dejó en cama varios días: fiebre, dolores musculares y agotamiento total. Y como no podía atender ni la casa ni los pedidos, llamé a Mariana, mi prima; vive en Barranquilla; éramos muy unidas desde niñas. Mariana es dulce, servicial y llegó con una sonrisa.

Al principio todo parecía normal; pasaba cada vez más tiempo en la cocina con Antonio. Primero fueron las bromas compartidas, luego las cenas sin mí y una noche, escuché risas bajitas desde la sala. Me levanté por agua... y los vi: cómplices, cercanos, en un lenguaje que él y yo ya no hablábamos.

Volví a mi cuarto. Al día siguiente los enfrenté; la sorpresa fue que ellos sostenían una historia que ya tenía tiempo a mis espaldas. Mariana se fue, y Antonio corrió detrás de ella.

Camila quedó aterrada; no podía creer lo que escuchaba.

La miró con ternura y le dijo: «A veces creemos que amar es aguantar», le dijo con voz serena, pero no. Amar también es saber soltar cuando ya no hay respeto, cuando la dignidad empieza a doler.

Marta bajó la mirada y un silencio profundo se instaló entre las dos.

Camila la tomó de la mano y agregó: «De todo esto vas a salir más fuerte». No hay caída que no tenga su enseñanza.

Ambas se quedaron en silencio mirando por la ventana. Afuera el cielo comenzaba a abrirse entre nubes, como si la vida poco a poco también quisiera aclararse.

Después de aquella conversación con Marta, Camila se quedó pensativa. Cada una de ellas, a su manera, estaba atravesando un abismo, unas cayendo, otras aprendiendo a volar.

Katia, por su parte, seguía lidiando con sus propios silencios. Aunque Cristian le había pedido una nueva oportunidad, ella no se sentía lista. A veces lo miraba y veía en sus ojos aquel hombre que un día la enamoró, pero al instante siguiente solo encontraba distancia. No puedo. Decidió darse un tiempo, reencontrarse consigo misma, abrir sus alas y volver a sentir la vida sin miedo.

Mientras tanto, en España, Paulina ya llevaba casi un año instalada; sus hijos Karla y Andrés habían seguido sus propios caminos. Trabajaban, estudiaban y poco a poco se habían independizado.

Paulina se había quedado sola, pero no se sentía vacía.

Raúl la visitaba con frecuencia; compartían cafés, largas charlas y silencios que ya no dolían.

Una tarde, entre llamadas y mensajes, Katia decidió visitarla. Sentía que necesitaba ese viaje, no solo para ver a su amiga, sino para reencontrarse consigo misma, con su esencia y con todo aquello que había dejado guardado en algún rincón de su alma.

Capítulo 13: "Mi alma al Desnudo"

Katia piensa en todo lo sucedido, en Cristian y Mauricio.

Sabía que la vida era como dos caminos: lo que fue... y lo que pudo haber sido. Había aprendido que el dolor no tiene una sola forma, y que amar a alguien, a veces, es sostenerlo en la memoria cuando el cuerpo ya no responde.

Cristian la observó pensativa y la abrazó con fuerza. Ella sonrió y se dejó envolver por ese abrazo, consciente de que en su corazón siempre habría un lugar para Mauricio.

A veces, se pregunta en silencio: ¿Se puede querer al mismo tiempo a dos personas?

Alicia, en su habitación, con un vaso de leche en la mano, recuerda su libro. Estaba en el último capítulo y comenzó a leer un fragmento subrayado:

"Cada noche me acuesto con dos versiones en mi pecho.

En una, lo abrazo y seguimos. Nos damos otra oportunidad.

En la otra, me despierto con su ausencia latiendo en el suelo frío del baño. Sin embargo, en ambas, lo amo igual.

La mente, a veces protege, y el corazón reconstruye.

Ya no busco entender qué fue real y qué no.

Solo sé que hay historias que viven en más de un final, y esta... ...fue una de ellas".

Alicia, con sus ojos negros, quedó inmóvil. No sabía si era miedo, nostalgia o una mezcla de todo lo que no se dice. Algo dentro de ella se estremeció al leer esas palabras. Sintió en su corazón una punzada profunda, como si a través de esas líneas lograra comprender, por fin, el dolor de Juliana y su verdad.

Respiró hondo, tomó aliento y cerró su libro. Se recostó en la cama, intentando conciliar el sueño, pero aquellas palabras seguían girando en su mente. De pronto, su pensamiento viajó al pasado, recordando todo lo que había vivido con Jaime. Sintió una profunda nostalgia, porque en aquel tiempo fue verdaderamente feliz.

Sin embargo, el presente se impuso como una sombra. A pesar de que ella y Julián intentaban mantener a flote su matrimonio, en el fondo de su alma persistía un gran vacío, una ausencia silenciosa que no lograba llenar.

Mientras tanto, Camila, en su apartamento, caminaba de un lado a otro; no le había dicho a Juan ese encuentro que ellos tuvieron en la noche de graduación, cuando ella se entregó a él por primera vez. No podía creer que él no se acordara. Se había casado y ella quedó sumida en el dolor y olvido. Y ahora, después de muchos años, lo encontré. No sabía qué hacer. Juan le había pedido que se casaran, pero ella no lograba descifrar lo que sentía. No sabía si sus emociones nacían del amor o de una pasión incontrolable...

Después de lo de Juan, había conocido a Humberto y se casó con él, creyendo haber encontrado el amor de su vida, pero no fue así. Lo vivido con él fue terrible: tragos, fiestas, mujeres. Lo único que la mantuvo viva fue su hijo Gabriel, pero desde muy joven se independizó y se fue a vivir a Londres. Ella había sufrido, y no quería volver a pasar por lo mismo. Esta vez deseaba volar alto, libre de miedos y ataduras.

Por eso decidió que lo mejor sería tomarse un tiempo, conocer mejor a Juan y, sobre todo, conocerse a sí misma. Quería hacer todo aquello que siempre había soñado, lo que nunca pudo realizar porque su esposo se lo había impedido. Sabía que él lo entendería. Entonces tomó la decisión y lo llamó.

—Juan, necesito hablar contigo —dijo con voz serena. Claro, respondió él. ¿Te recojo a las ocho?

—Sí, gracias. —Ella sintió un leve temblor en el cuerpo.

Juan la esperó en el lobby del edificio, impecable, como siempre, con una sonrisa serena que le devolvía la calma. Cuando Camila apareció, llevaba un vestido sencillo, pero su mirada reflejaba la firmeza de quien había tomado una decisión importante.

Juan, necesito hablar contigo, dijo. Apenas lo vio.

Claro, respondió él con suavidad.

Caminaron un rato en silencio. Camila le explicó que no se sentía lista para tener otro matrimonio, que necesitaba tomarse un tiempo para pensar.

La escuchó atentamente y, con dulzura, le dijo que lo entendía, que respetaba su decisión, pero que deseaba que entre ellos existiera al menos un compromiso sincero.

Entonces, sacó un anillo con un pequeño diamante.

Camila, al verlo, quedó deslumbrada.

No sabía qué decir. Juan tomó su mano con cuidado y deslizó el anillo en su dedo.

Ella aceptó, pero con una condición: debían conocerse mejor.

Le confesó que quería realizar un viaje con él, vivir experiencias nuevas antes de tomar cualquier decisión definitiva.

Así fue como acordaron compartir más tiempos juntos, sin perder su propio espacio, aprendiendo a caminar uno al lado del otro, sin prisas.

Mientras tanto, Marta, su amiga, se encontraba firmando los papeles de divorcio con Antonio; él se quedó con los principales contratos de Barranquilla y ella con los demás, conservando el nombre de la empresa, pero no la energía; quedó sumida en su dolor.

En Málaga, ya instalada, Paulina comenzaba una nueva etapa.

Sus hijos habían ingresado a la universidad: Andrés se quedó en Madrid y Karla, su hija menor, en Barcelona. Ella eligió vivir en

Málaga, más cerca del mar y de su hija mayor, Rebeca, que se había casado allí tras terminar su especialización. Ya era madre de dos niños.

Sus hijos la visitaban los fines de semana o cada quince días, cuando el tiempo se lo permitía.

Raúl seguía llamándola con frecuencia, pendiente de ella, y aquel domingo le anunció que viajaría para visitarla en su nuevo apartamento.

Llegó el día y Paulina, nerviosa, buscaba en el closet el vestido ideal para la ocasión.

Sus ojos color miel reflejaban una mezcla de emoción y expectativa. Había cortado su cabello en capas y ese cambio le daba un aire fresco y distinto.

Su pelo castaño caía con suavidad sobre los hombros y, como siempre, lucía deslumbrante.

Cuando Raúl llegó, Paulina lo esperaba junto a la ventana desde donde se veía el mar teñido por el atardecer.

Apareció con una sonrisa, con un hermoso ramo de lirios combinados con otras flores de colores suaves y una pequeña caja envuelta en papel dorado. Ella lo miró, y en ese instante sintió que algo en su interior le inquietaba. No sabía si era amor o nostalgia, pero aquella sensación la removió por dentro.

Al verla, se quedó unos segundos en silencio admirando su nuevo aspecto.

—Estás diferente —dijo finalmente—, pero igual de hermosa. Paulina sonrió algo sonrojada.

La vida cambia y uno cambia con ella, respondió tratando de disimular su emoción.

Raúl le entregó las flores y se quedó con la cajita. Ella las tomó entre sus manos, las observó con ternura y acercó el rostro para olerlas.

Están hermosas. Sonrió y buscó un jarrón de cristal que tenía en la sala y las acomodó con delicadeza en el agua.

Luego, notó la caja entre sus manos. La miró curiosa, y él, con una sonrisa suave, le dijo:

— ¡ábrela!

Dentro había una pulsera sencilla con un dije en forma de ola.

Para que recuerdes que, aunque el mar cambie de color, sigue siendo el mismo. Le dijo con ternura.

Sus ojos se humedecieron. Se sintió emocionada, como hacía tiempo no lo estaba.

Le ofreció un café. Él asintió con la cabeza, y ella lo acompañó con otra taza. Más tarde salieron a cenar a un pequeño restaurante frente al mar.

El sonido de las olas llegaba hasta la mesa, mezclados con el murmullo suave de la gente y el aroma del vino.

Raúl la miraba con calma, como si quisiera grabar en su memoria cada gesto de ella.

Paulina, por su parte, se sentía ligera, como si el tiempo se hubiera detenido solo para ellos. Hablaron de todo y de nada, de los hijos, del clima, del pasado, que aún dolía un poco, y del presente, que parece abrirse con esperanza.

Málaga, más cerca del mar y de su hija mayor, Rebeca, que se había casado allí tras terminar su especialización. Ya era madre de dos niños.

Sus hijos la visitaban los fines de semana o cada quince días, cuando el tiempo se lo permitía.

Raúl seguía llamándola con frecuencia, pendiente de ella, y aquel domingo le anunció que viajaría para visitarla en su nuevo apartamento.

Llegó el día y Paulina, nerviosa, buscaba en el closet el vestido ideal para la ocasión.

Sus ojos color miel reflejaban una mezcla de emoción y expectativa. Había cortado su cabello en capas y ese cambio le daba un aire fresco y distinto.

Su pelo castaño caía con suavidad sobre los hombros y, como siempre, lucía deslumbrante.

Cuando Raúl llegó, Paulina lo esperaba junto a la ventana desde donde se veía el mar teñido por el atardecer.

Apareció con una sonrisa, con un hermoso ramo de lirios combinados con otras flores de colores suaves y una pequeña caja envuelta en papel dorado. Ella lo miró, y en ese instante sintió que algo en su interior le inquietaba. No sabía si era amor o nostalgia, pero aquella sensación la removió por dentro.

Al verla, se quedó unos segundos en silencio admirando su nuevo aspecto.

—Estás diferente —dijo finalmente—, pero igual de hermosa. Paulina sonrió algo sonrojada.

La vida cambia y uno cambia con ella, respondió tratando de disimular su emoción.

Raúl le entregó las flores y se quedó con la cajita. Ella las tomó entre sus manos, las observó con ternura y acercó el rostro para olerlas.

Están hermosas. Sonrió y buscó un jarrón de cristal que tenía en la sala y las acomodó con delicadeza en el agua.

Luego, notó la caja entre sus manos. La miró curiosa, y él, con una sonrisa suave, le dijo:

— ¡ábrela!

Dentro había una pulsera sencilla con un dije en forma de ola.

Para que recuerdes que, aunque el mar cambie de color, sigue siendo el mismo. Le dijo con ternura.

Sus ojos se humedecieron. Se sintió emocionada, como hacía tiempo no lo estaba.

Le ofreció un café. Él asintió con la cabeza, y ella lo acompañó con otra taza. Más tarde salieron a cenar a un pequeño restaurante frente al mar.

El sonido de las olas llegaba hasta la mesa, mezclados con el murmullo suave de la gente y el aroma del vino.

Raúl la miraba con calma, como si quisiera grabar en su memoria cada gesto de ella.

Paulina, por su parte, se sentía ligera, como si el tiempo se hubiera detenido solo para ellos. Hablaron de todo y de nada, de los hijos, del clima, del pasado, que aún dolía un poco, y del presente, que parece abrirse con esperanza.

Capítulo 14: "El silencio de los caminos".

Con el paso de los días, las llamadas entre Paulina y Raúl se hicieron más frecuentes. Ya no eran simples charlas de amigos, sino conversaciones llenas de cercanías y afecto. Una tarde, él le propuso dar un paso más: conocerse de verdad, pero ahora desde el corazón.

Muy lejos de allí, Katia seguía recordando a Mauricio; sabía que ese capítulo debía cerrarlo para reconstruir su vida junto a Cristian y, sobre todo, consigo misma.

Alicia seguía en su hogar, dando lo mejor de sí a su familia. La llegada de su primer nieto llenaba de alegría sus días. Su esposo seguía con sus viajes, y ella, entre telas, colores y detalles, continuaba con su pasión por la decoración y la vida que había construido.

Mientras tanto, Jaime se conformaba mirando las fotos que ella publica en Facebook. La observa en silencio, con una mezcla de nostalgia y ternura. Vive solo, entre su trabajo y la soledad de su casa.

Camila, pensativa, tomó el teléfono y llamó a su amiga Paulina.

Le contó todo: sus dudas, sus miedos y la decisión que había tomado respecto a Juan. Quería que alguien de confianza escuchará su corazón, alguien que la entendiera sin juzgarla.

Paulina escuchó con atención, suspirando suavemente mientras Camila hablaba.

—Has hecho lo correcto, amiga —le dijo con ternura. Tómate tu tiempo y conócelo mejor antes de dar un paso tan grande; demuestra que sabes lo que quieres. No te dejes llevar solo por la prisa o por lo que esperan los demás.

Camila sonrió aliviada. Sentir el apoyo de Paulina le dio fuerza para sostener su decisión y mirar hacia adelante con más claridad.

Gracias, Paulina —susurró. Es bueno saber que alguien me entiende.

Por otro lado, continuó Camila, quería contarte algo de Marta.

¿Qué le pasó?, preguntó Paulina.

Llora la pérdida de su matrimonio, respondió Camila.

Su negocio se ha venido abajo, los contratos bajaron, las cuentas crecieron y, con ellas, la soledad. Su hijo, su sostén emocional, perdió también el trabajo y, al no encontrar salida, decidió irse al extranjero, donde su hermana. Marta, sin él, sin pareja, sin respaldo, terminó en la finca de su familia. Allí vive su hermano, su apoyo incondicional; siempre está presente para ella, sin juicio ni condiciones.

¿Y qué va a hacer allí? Preguntó Paulina.

—Allá, ha encontrado un remanso que no exige nada —dijo Camila: árboles altos que no le preguntan por su pasado, gallinas, perros y vacas que no la miran con lástima, y un aire que poco a poco la está ayudando a volver a respirar.

Ok, ¿y qué hará más adelante, cuando termine su duelo?

Insistió Paulina. —Se está replanteando la vida, no con flores bonitas, sino con raíces verdaderas —contestó Camila. Esta vez... No piensa marchitarse por dentro, y yo la voy a ayudar para que vuelva a abrir sus alas. Ya no habrá muros verdes de diseño ni contratos por cerrar, solo tierra real bajo sus pies y el silencio limpio del campo.

Paulina, preocupada, preguntó: —¿Y Marta qué dice de todo esto?

Tiene claro, respondió Camila, que su rutina del trabajo, la costumbre y la falta de amor por parte de él acabaron con su matrimonio.

Paulina permaneció unos segundos en silencio después de colgar. El eco de las palabras de Camila aún flotaba en su mente como un susurro que no se apaga. Miró por la ventana. Afuera, la tarde comenzaba a caer, tiñendo de dorado los tejados y los árboles del vecindario.

Pensó en Marta, en su silencio elegido, en la calma que se esconde detrás de la renuncia. Pensó también en sí misma, en las veces que había querido detener el mundo para respirar, pero no lo había hecho. Siempre seguía, por costumbre o por miedo.

Se sirvió una taza de té y la sostuvo entre las manos, buscando en el calor un poco de consuelo. Las historias de sus amigas se entrelazan con la suya: distintos caminos, pero el mismo cansancio interior. Se preguntó cuántas mujeres andarían así, en silencio, cargando recuerdos que no se dicen, amores que se fueron y rutinas que pesan.

Abrió el cuaderno donde solía escribir pensamientos sueltos. Toma el bolígrafo y anotó una frase:

"El silencio también habla, pero hay que tener valor para escucharlo".

"Cuando el amor no se cuida, el engaño encuentra su lugar,

y ninguna raíz florece... si el corazón se seca". *

—Alice Hernández.

Paulina suspiró, apoyó la frente en el cristal de la ventana y se dijo en voz baja:

Tal vez todos estamos buscando lo mismo... Un lugar donde el alma pueda descansar. Cerró los ojos, recordó a Raúl, las llamadas, las risas a medianoche, los mensajes que la hacían sonreír sin razón. En medio de todo, sintió una mezcla de nostalgia y gratitud. La vida seguía moviéndose, aunque a veces pareciera hacerlo en círculos.

Y en las montañas de Medellín, Mauricio, no dejaba de pensar en aquel encuentro que había tenido con Katia.

A veces el recuerdo llega sin avisar, en medio de una reunión o al detenerse frente a la ventana de su apartamento.

Aquella tarde en la que se miraron por última vez sigue grabada en su mente: la expresión contenida de ella, su silencio que decía más que cualquier palabra. Sabía que la había perdido, pero que también nunca había dejado de amarla.

Y quizás, en distintos lugares, todos comprenden lo mismo:

Dicen que el amor puede morir… de muchas cosas: del silencio, del abandono, de las heridas no sanadas. Pero hay una muerte silenciosa que se disfraza de estabilidad: " la que llega de la mano de la costumbre". No aparece con gritos ni reproches, se instala con suavidad, con gestos repetidos, con las mismas palabras dichas sin pensarlas; te acomodas, te olvidas de ti, de él, de lo que fueron.

Y sin darte cuenta, te conviertes en dos:

La que permanece, porque debe… y la que grita por dentro porque ya no puede.

No hay infidelidad, ni gritos, ni tragedia visible. Solo una rutina que se volvió más fuerte que el amor. Y ahí nace la pregunta:

¿Y si soy las dos?, la que ama y la que no se quiere ir, la que extraña lo que fueron y no reconoce lo que son hoy.

Porque sí, a veces uno se queda por amor, por costumbre, por miedo a la soledad o por no perder el refugio que da lo conocido…

Y es ahí donde comienza el verdadero duelo: Cuando no se sabe si el dolor es por lo que se va… por lo que deseas o por lo que ya no existe

Capítulo 15: “El milagro que no llegó”

Leonor pensó durante mucho tiempo que el amor era insistir, que, si lo buscaba más, si lo abrazaba primero, si lo miraba con ternura a pesar del hielo... volvería a ella.

Creyó que, si se arreglaba diferente, si le hablaba con dulzura, si callaba lo que dolía, un día despertaría y la amaría como antes... o como ella necesitaba.

Pero no fue así.

Lo buscó con palabras, con gestos, con silencio, hasta con lágrimas contenidas mientras él dormía de espaldas. A veces lo acorralaba, lo miraba a los ojos esperando una respuesta, una caricia, una señal.

Le preguntaba cosas que él no quería responder, buscando entender ese “por qué no”. Solo encontraba evasivas, excusas... o el mismo silencio que ya era rutina.

Leonor seguía ahí, esperando un milagro: el momento en que él la deseara sin pedírselo, la abrazara sin provocarlo, le dijera “te extraño” sin tener que adivinarle el alma. Pero ese milagro no llegó. Y llegó algo más difícil: “el cansancio del alma”.

Se cansó de preguntar, de hacerse la fuerte, de esperar un cambio, cuando ella era la única que seguía intentándolo.

Y entendió algo, que dolió más que su ausencia: esas clases de milagros no aparecen, porque no se trata de fe, se trata de realidad, de dignidad, de saber cuándo dejar de remar sola en un barco que ya está varado.

A veces no es falta de amor. Es exceso de espera. Es amar tanto a alguien. ...que se te olvida amarte a ti misma.

“El amor propio también es un milagro... Y ese aparece... cuando una se elige”. —Alice Hernández.

“La otra mitad del espejo”.

Mauricio se quedó mirando el cielo desde el balcón de su apartamento, pensando en todo lo que había vivido con Katia, en los caminos que eligió y en los que dejó pasar.

A veces se preguntaba si había hecho lo correcto, si había amado de verdad o si solo había dejado que la vida pasara.

Recordó los momentos de ternura, las risas a escondidas, los silencios compartidos y también los errores, los reproches no dichos. Las palabras que nunca alcanzaron a salir.

Comprendió que, al final, cada decisión había dejado su marca, pero también le había enseñado algo esencial: que el amor más importante empieza dentro de uno mismo.

Y mientras el viento le traía el aroma de la ciudad, pensó en voz baja:

Veinticinco años de matrimonio, un solo hijo, una casa propia, fines de semana en familia, cenas de aniversario, fotos sonrientes en diciembre.

Y, sin embargo, en su alma, algo no encajaba.

Siempre había sido un buen esposo, trabajador, responsable, fiel proveedor; no había mayores quejas, pero tampoco había mayor conexión con su esposa. Con los años, la relación se volvió plana, más de compañeros que de amantes. A veces se preguntaba si eso era normal. Sí, parecía que todos los matrimonios terminaban igual.

Pero cuando él se toma unos tragos con los amigos... surgía otra versión de sí mismo: más relajado, más auténtico, más libre.

Entonces recordaba su amor de juventud, a Katia, aquella que había despertado algo en él, un sentimiento que nunca desapareció, aunque él intentó enterrarlo bajo la rutina de su trabajo. No lo entendía del todo, no lo buscaba, pero estaba ahí, hasta que un día lo confirmó.

Fue en un viaje de trabajo a otra ciudad. Salió solo, sin ganas de pensar demasiado, y al entrar al centro comercial... vio a Katia, su amor de juventud. Se saludaron, hablaron, rieron... y algo cambió.

No era deseo lo que sentía, sino algo más profundo: la sensación de ser visto, deseado, conectado. Por primera vez, Mauricio no se sintió dividido.

Con su esposa seguía cumpliendo su rol de padre, esposo, apoyo. Cada gesto, cada palabra, era un acto de rutina, una obligación silenciosa. Con Katia vivió lo que realmente lo hacía feliz.

Cada mirada de su esposa, fría y apática, le recordaba la prisión de su vida diaria.

Y entonces se preguntaba, con el corazón dividido:

¿Cómo sostenerse cuando el corazón late por otro, mientras la vida que llevas parece prestada?

En medio de todo, su esposa sabe que Mauricio es un buen hombre: un buen padre, un buen hijo, un compañero fiel en muchas cosas. Sufre. Nunca ha querido hacerle daño y no ha sido valiente al decirle la verdad. Lo que ha vivido no es un juego, ni una traición con maldad; es una lucha interna que ella misma no sabe cómo manejar.

Puso todo en una balanza y, aunque no entendía del todo, eligió quedarse. Eligió sanar, se enfrentó a sí mismo, se enfrentó a Dios. Y en ese proceso descubrió algo que nunca pensó posible:

"Amar en silencio, aunque duela, también puede liberar".

A veces no sabemos si lo que alguien siente es una herida, un trauma, una mala elección o una parte natural de su ser. Lo que sí sabemos es que nadie merece vivir encarcelado por dentro. Y que solo el amor... El verdadero puede sostenernos cuando el mundo interno se cae.

--Papa Francisco...

Capítulo 16: "La herida que quedó en el silencio".

Katia siempre creyó que conocía a Jaime. Lo que nunca imaginó fue la herida que él había dejado en Alicia.

Se habían conocido desde muy jóvenes, convencidos de que eran el uno para el otro. Pero la vida, con su manera silenciosa de mover los hilos, les tenía reservadas sorpresas que ninguno esperaba.

Cuando Alicia lo vio por primera vez después de tantos años, cara a cara, entendió que el tiempo no había borrado nada... solo lo había escondido.

Jaime siempre creyó que el tiempo arreglaría lo que él mismo dejó roto.

Se olvidó de ella en ese entonces, y pasaron muchos años.

Alicia, en cambio, cargaba con el peso de los recuerdos. Y mientras más intentaba dejarlos atrás, más la perseguían; aprendió a vivir con la herida que él nunca se atrevió a nombrar.

No cargó con ninguna culpa. Se olvidó de ella como si jamás hubiera existido. Siguió con su vida, con sus rutinas, con sus viajes de trabajo, como quien cierra una puerta sin mirar atrás. Pero ella, en aquel hotel donde todo había comenzado, la herida seguía abierta, silenciosa y terca.

Aprendió a convivir con ella, a caminar con ese peso que nadie veía. No por falta de fuerza, sino porque nadie le dio la oportunidad de soltarlo.

Jaime nunca regresó por la otra mitad de la historia, nunca miró hacia atrás para entender lo que había roto. Y así, lo que pudo haberse resuelto con una sola verdad quedó suspendido durante años.

Por eso, cuando el pasado volvió a tocar la puerta, cuando ese nombre volvió a aparecer en boca de Katia, la herida no dudó: despertó, como si hubiera estado esperando el momento.

Ella sintió que él sí la había amado, pero también entendió algo más profundo: el miedo, la inmadurez y sus propias dudas lo llevaron a tomar decisiones que marcaron un antes y un después en la vida de ambos.

Jaime intentó explicarle, buscó acercarse. Quiso limpiar aquello que un día ensució con su silencio, pero Alicia, con esa suavidad que parecía fragilidad y que en realidad era fortaleza, no quiso recibirlo. No quiso volver atrás. No quiso abrir una puerta que había aprendido a cerrar con dignidad.

Él la dejó sin una verdad clara, sin el valor de admitir que había otra persona. La abandonó cuando más lo necesitaba. Y Alicia nunca quiso aclarar nada. Pues sabía que lo que no se aclaró en su momento ya no tenía arreglo.

Porque a veces, para poder seguir, hay que elegir callar.

Y sí, ella era las dos:

La que hubiera querido una explicación....

Y la que eligió el silencio para poder sobrevivir.

Así, aquella herida no quedó en la rabia ni en el escándalo. Quedó guardada donde duelen las cosas que nunca se cierran del todo: !en el silencio!.

Y aquella noche, acostada, volvió a sus dieciocho años: al parque donde se decían palabras de amor, al roce de un primer beso, a las canciones que bailaron, las cartas que se escribieron y a las promesas que no se cumplieron.

Entonces, surgió e hizo la pregunta que no había querido hacerse en dos décadas: ¿Realmente lo había olvidado?

Esa semana fue extraña; se descubrió pensando, recordando todo lo vivido. Y al mismo tiempo, miraba a su esposo preparando el café como cada mañana. Entonces se preguntaba:

¿Es posible querer a dos personas al mismo tiempo o es

simplemente un recuerdo que regresó a tocar la puerta?

Será que Jaime nunca se fue del todo, o será que a veces el alma se aferra a lo que no pudo ser.

Nunca volvió a verlo, no lo buscó, no lo llamó.

Capítulo 17: "Encuentros y secretos que Permanecen"

La tarde en la cafetería era tibia, con rayos de sol entrando por las ventanas y el aroma del café recién hecho flotando en el aire.

Katia, Alicia, Camila y Marta se habían reunido, acompañadas por Isabel, Ana, Berta, Elena. Y en un lapso de minutos llegaron juntas: Marina, Consuelo, Alejandra y Francisca venían de Barranquilla, amigas del colegio, con el fin de organizar un encuentro de exalumnas.

Paulina, aunque estaba en España, enviaba mensajes que hacían reír a todas y recordaban los tiempos compartidos del colegio.

Camila fue la primera en hablar con una sonrisa tímida.

Estoy comprometida con Juan, dijo. Estoy empezando una nueva vida; no ha sido fácil, pero siento que voy por buen camino.

Alicia asintió, mirando su taza de café: Yo en mi hogar, con el nieto recién nacido... Es agotador, pero también gratificante. La rutina puede ser pesada, pero hay momentos que me hacen sonreír.

Katia suspiró, un poco tímida.

Yo... me estoy dando una segunda oportunidad con Cristian. A veces es cálido, otras veces distante. Pero estoy aprendiendo a escuchar mi corazón.

Ana, con voz clara, contó su historia: Yo me casé con un funcionario del Gobierno. Teníamos una vida estable, pero él empezó a beber, a llegar tarde, a perder el respeto. Me separé y saqué adelante a mis hijas con la ayuda de mi familia. Mi hija mayor, Marcela, es abogada y Astrid es psicóloga. El destino me tenía algo reservado, conocí a alguien de Estados Unidos a través de una amiga; y gracias a mi hija menor, que me ayudó con el inglés para traducir las cartas, pude entablar una relación. Ahora vivo feliz; nos casamos y vivimos en un lugar hermoso.

Isabel tomó la palabra con un brillo en los ojos. Me reencontré con Julio, mi amor de juventud, el que creí enterrado. Sigo casada con Guillermo, pero hay un rincón en mi corazón donde todavía habita Julio. No siento que esté traicionando a mi esposo... Es solo que el pasado, a veces, deja marcas que no siempre mueren.

Alicia contestó:

A mí me pasa lo mismo... Pero hay que seguir adelante.

—¡Ajá, Francisca!, ¿cómo te ha ido con Óscar? —preguntó Alicia. Supe que se casaron en Barranquilla.

Francisca sonrió, acomodando un mechón detrás de la oreja.

—Sí, nos casamos en la catedral —dijo con voz tranquila. Después de mi matrimonio, nos hemos estado reuniendo con nuestros esposos; ellos son compañeros de trabajo, y seguimos esta tradición; cada fin de mes nos encontramos en el club con otros compañeros y celebramos cumpleaños, días especiales.

Consuelo la miró de reojo, con esa picardía que todas conocían.

Pero ellos... Francisca y Oscar... están supuestamente separados, soltó sin rodeos.

Francisca río primero que todas, sin pena alguna.

Sí, estamos separados, confirmó.

Pero compartimos nuestros nietos. A pesar de que él vive en un piso y yo en el otro, siempre vamos juntos a todas las reuniones. Bailamos hasta el amanecer y en medio del baile, de los tragos, de las risas....

Se me acerca y me habla al oído. Y yo hago un gesto tímido pero feliz. Siempre termino sonriendo.

Marina no se aguantó:

¡Quién sabe qué pasa en el primer piso y en el último piso! Soltó en voz alta.

Todas estallaron en carcajadas, como en los tiempos del colegio.

Francisca la señaló con una sonrisa traviesa.

Tú no te quedas atrás, Marina... —dijo, moviendo la ceja. Yo te veo bailando con tu esposo, Gustavo.

Todas miraron a Marina, que ya empezaba a reírse sola.

—¡Ay, no me echen al agua! —dijo ella.

Pero Francisca siguió, encantada con el cuento.

Como buen caleño, a Gustavo le fascina la música... la salsa. ¡Eso sí!, se desbarata bailando, y tú no te quedas atrás, siempre siguiéndole el ritmo... Y él, con lo flaco que es, parece un trompo. ¡El número uno de la salsa! Le hacemos ronda; es el centro de la fiesta.

Las demás soltaban risitas.

Y lo mejor, continuó Francisca, es que él con esas gafas suyas, lo único que hace es mirarte y sonreír mientras baila... como si estuviera conquistando otra vez. Y tú sólo sonríes con timidez.

Un estallido de carcajadas se levantó alrededor de la mesa. Marina se tapó la cara, muerta de risa.

—Bueno, mija... tú tampoco te quedas atrás —dijo Consuelo con picardía. Ahí te veo bailando junto a Armando... muy acaramelados.

Consuelo hizo una mueca, pero la sonrisa la traicionó.

Ay, Marina...

¡No te hagas! Siguió Marina. Yo te veo moviendo esas caderas... y me Imagino que eso es lo que lo tiene enamorado.

Siempre tan fresca, tan tranquila, tan femenina... él te mira con un amor que se les nota a leguas.

Y cuando te miro, lo único que alcanzo a ver es ese movimiento tuyo, tus caderas al ritmo de la música y tu pelo largo, dorado, meneándose como si también bailará contigo.

Consuelo se tapó la cara entre risas, mientras todas se reían con ganas, celebrando ese instante como si el tiempo no pasara.

Alicia, como siempre queriendo saber de todas, preguntó:

¿Y qué saben de Lucía y Roxana?

Consuelo fue la primera en contestar, moviendo la cabeza como quien ya tiene el cuento listo.

De Lucía ya saben... —dijo sonriendo.

Ella participa en todo. Su esposo es muy importante en la empresa, y nos acompañan a todas las festividades; son muy alegres y, cuando suena esa melodía que lo identifica, ¡ay, Dios mío! A él ya no le duele la pierna y Lucía vive diciendo que se le hincha el pie, la artrosis... pero apenas suena la música, se le cura todo. Ella dice que es su relax.

Las risas volvieron otra vez alrededor de la mesa.

Entonces Marina intervino:

¿Y Roxana?

Consuelo y Francisca se miraron entre sí, como quien comparte un secreto divertido.

Roxana es un caso, dijo Francisca.

A ella le encantan las fiestas, las reuniones, los cumpleaños... Es la más sociable y alegre de todas. Pero su esposo... —alzando las cejas. Ese sí que no aparece en ninguna fiesta.

¡Para nada! Agregó Consuelo, riendo.

A él no le gusta bailar. Lo de él es viajar. Si es por él, se monta en un avión cada fin de semana.

Bueno... dijo Marina. “Entre gustos no hay disgustos”.

Alejandra se acomodó en su silla y, con una sonrisa suave, empezó a contar: “Chicas... Hace diez años estuve con Alfonso. ¡Sí, diez años!

Vivimos juntos, compartimos tantas cosas... pero, bueno, con el tiempo nos dimos cuenta de que no nos entendíamos del todo. ¡Él decidió irse y yo me quedé aquí, lidiando con todo el dolor...! ¡Y no fue fácil!"

Hizo una pequeña pausa, mientras algunas de ellas sentían comprensión. "Pero, poco a poco, he logrado salir adelante. Ahora tengo nuevas ilusiones, proyectos, disfruto de mi familia, de mis amigos, y he aprendido que la vida siempre encuentra la manera de enseñarnos que se puede volver a empezar".

Todas aplaudieron efusivamente y gritaron al unísono: "¡Bravo, Alejandra!"

Entre risas y gestos de complicidad, Alejandra sonrió, agradecida.

Entonces, Berta, con firmeza y calma, tomó la palabra. "Quiero contarles mi vida", dijo, mientras todas la miraban expectantes, listas para escuchar la siguiente historia.

Berta respiró hondo antes de continuar: "Mi esposo, Aníbal... se fue a vivir con otra mujer". Lo dijo con una serenidad sorprendente, aunque sus ojos guardaban la sombra de lo vivido. Las amigas guardaron silencio, respetando ese momento, dándole espacio para que siguiera hablando cuando se sintiera lista.

Ella continuó, después de mirar un instante su taza de café:

"Todos pensaron que él me seguía sosteniendo, pero no fue así..."

Yo saqué adelante mi casa y a mis hijos, sin drama, solo con dignidad y esfuerzo.

Ellos ya crecieron y cada uno tiene su vida resuelta. Berta hizo una pausa, respiró hondo, dejando que un silencio cálido envolviera la mesa.

"Y les digo la verdad... a mí me sostuvo muchas veces Dios y el silencio".

Camila exclamó: —Amiga... me quito el sombrero contigo.

Katia agregó con orgullo: Definitivamente, las mujeres somos berracas.

Todas rieron.

Y Alicia, como siempre tan efusiva, levantó su taza. Brindemos con este café.

Elena bajó la mirada un poco tímida, pero luego la levantó, y su voz cargada de emoción. Comenzó a narrar su vida: —Yo perdí el amor a mitad del camino —confesó. Durante años, me despertaba, hacía todo por todos y, al final del día, sentía que no había hecho nada por mí. Mi reflejo en el espejo se me hacía ajeno... hasta que algo despertó dentro de mí. Comencé a escribir, a mirar, a soñar. Descubrí que puedo desear mi propia vida, mis propios sueños, y si llega un poco de pasión, bienvenida sea. Por primera vez siento que puedo entregarme sin miedo.

Ahora solo espero cumplir la edad para pensionarme. Es irónico... !una queriendo envejecer rápido solo para que le paguen por existir.

Entonces las demás soltaron la carcajada. Camila, explosiva como siempre, alzó las manos y exclamó:

—!Ay, Dios mío!, Nosotras sí que hemos vivido... ¡ah! Si contáramos todo lo que no hemos dicho, este café se quedaría sin paredes y ahora todas queremos ser viejas para poder pensionarse.

Katia tomó la palabra,

Bueno, amigas, a lo que vinimos. ¿Cuándo vamos a hacer realidad nuestro encuentro con todas las compañeras?

Alicia propuso que fuera después de su viaje a España y mencionó que, quizás, Paulina podría acompañarlas.

La fecha quedó abierta para septiembre, dentro de seis meses. Siguieron conversando, entre risas y memorias, recordando anécdotas de los años del colegio.

El ambiente se llenaba de esa mezcla de complicidad y alivio que sólo surge entre amigas que se conocen de toda la vida.

"Hay instantes en los que una se descubre partida... Y entiende que no está rota, sino que está naciendo de nuevo".

"La verdad no siempre grita: a veces apenas se asoma en la fisura donde la mujer que mostramos y la que somos se encuentran".

"Conclusión I Parte":

Las tardes en la cafetería fueron mucho más que un encuentro. Fue un desahogo silencioso. Allí, entre tazas de café y miradas cómplices, cada una reconoció la dualidad que cargaba.

Historias de amores que regresan, vacíos que persisten, decisiones que pesan, silencios que cansan y recuerdos que todavía laten.

Todas descubrieron que, aun viviendo vidas distintas, compartían la misma sensación de estar divididas entre lo que muestran, lo que callan, lo que guardan y lo que temen... forman parte de quienes son.

Aunque la vida las ha herido, también las ha hecho más fuertes.

PARTE II

En el eco de la sombra florece la luz, no porque el dolor se haya ido, sino porque ya no se teme a su voz.

Esta es la mitad que mira hacia adentro, que se atreve a cruzar el puente entre lo que se calla y lo que se nombra.

Aquí la fe no es ciega, es una fe que duda, que pregunta, que tiembla... pero que aun así camina.

Aquí, el abandono se convierte en abrazo, las cadenas en huellas.

Cada página es un llamado a reconocer lo que se oculta tras el silencio.

Es un recorrido por memorias y caminos que se entrelazan con el eco de esas voces calladas, dolor que se convierte en pregunta

Y heridas que marcan un mapa de vida.

Es la otra cara de la dualidad:

Donde las sombras revelan la forma de la luz,

Y la luz abraza la profundidad de la sombra.

Capítulo 18: "Fe que duda, duda que salva"

Paulina había pasado casi una semana organizando cada rincón de su apartamento, como si el orden pudiera calmar el corazón. Raúl, que la veía caminar de un lado a otro, solo reía y le decía que respirara, que todo iba bien.

Pero no era una visita cualquiera: Alicia y Katia, sus amigas de tantos años, venían desde Colombia a pasar unos días con ella.

Hacía un año que no se veían, y la emoción se le mezclaba con un secreto que aún no sabía cómo confesar.

Como el viaje desde Málaga hasta Madrid era largo, Paulina y Raúl habían salido un día antes. Querían llegar con tiempo, descansar y evitar contratiempos.

Esa noche se quedaron en un pequeño hotel cerca del aeropuerto... y fue la primera noche que Paulina durmió junto a Raúl desde que su relación se volvió formal.

Pero había algo más: hacía apenas quince días se había comprometido con él. Raúl se había ido a vivir a Málaga para estar cerca de ella y todo fue floreciendo de una manera que ni ella misma imaginó. El anillo de compromiso brillaba en su mano izquierda, pero aún no se lo había contado a nadie; sus hijos estaban ajenos a esta situación. Estaba esperando el momento oportuno, aunque sabía que ese momento llegaría en cuestión de horas.

Raúl la veía caminar de un lado a otro por la habitación del hotel, revisando la hora, el bolso, la chaqueta, luego la hora otra vez.

Ella respiraba rápido, como si estuviera a punto de salir al escenario.

—Respira —le dijo con una sonrisa suave. Todo va a salir bien.

Paulina se detuvo y miró el anillo. Sentía una mezcla de alegría y temor. No por sus amigas, sino porque contar un cambio tan grande es también admitir que la vida se transforma, que se mueve, que nada vuelve a ser igual.

Al amanecer se prepararon para salir al aeropuerto. Madrid amanecía fría, pero el corazón de Paulina ardía. Raúl tomó las llaves del carro, la miró con ternura y añadió:

Hoy empieza algo bonito. Ellas se van a alegrar.

Paulina asintió, respiró profundo y bajó con él.

En pocas horas, Alicia y Katia sabrían la verdad: que ella ya no era la misma que había abierto sus alas... y también su corazón.

Ellas, por su parte, habían planeado este viaje con ilusión, deseando compartir unos días juntas y retomar esas conversaciones que solo las amigas de muchos años pueden entender.

Apenas la vio salir por la puerta de llegadas, Paulina corrió hacia ellas. El abrazo fue largo, de esos que cierran distancias y abren de nuevo la confianza. Alicia fue la primera en notar el brillo en la mano izquierda de su amiga. Katia la siguió con la mirada sorprendida. ¿Y este anillo? Preguntó entre risas. Paulina, algo sonrojada, levantó la mano.

Después les cuento....

Entonces, las 3 se abrazaron otra vez, entre felicitaciones, lágrimas contenidas y esa alegría que solo nace cuando la vida trae buenas noticias. Era el inicio de unos días que marcarían a cada una.

Capítulo 19: "El Puente"

A los pocos días de estar visitando a nuestra amiga Paulina, decidimos inscribirnos en un grupo que haría una peregrinación a Medjugorje, en Herzegovina.

Como viento en popa, arreglamos nuestras maletas y salimos rumbo a Split; íbamos las tres felices; no sabíamos qué nos prepararía la vida.

Allí nos reunimos con el padre Fernando y, desde el aeropuerto, nos llevaron en un bus rumbo a Herzegovina. Al llegar al hotel, la bienvenida fue cálida. Luego fuimos a nuestra habitación, que de inmediato nos encantó: a un costado de la cama había una virgencita en una urna de cristal, hermosa, con la mano derecha en el corazón y otra extendida, como llamándonos.

Fueron días intensos, de muchos encuentros y experiencias.

Pero la que más nos dejó deslumbradas fue mi experiencia.

Subimos al Monte Krizevac con nuestras dudas: Katia, con Antonia en el corazón, Paulina con Sofía en la memoria y yo... con la fe temblando.

No fue una subida fácil. No...

No era solo la piedra del camino, sino la que yo misma había llevado dentro durante años. Caminaba con la frente baja, como quien no sabe si merece mirar al cielo. Había amado, había callado, había olvidado quién era, y, aún así, allí estaba: buscando algo, esperando algo, con miedo... pero con sed.

El camino era empinado y lleno de enormes rocas que hacían difícil cada paso. Al principio avanzamos con determinación, con bastón en mano; en la subida íbamos haciendo el viacrucis en cada estación, meditando y orando.

En la quinta estación, comencé a pedirle a Dios que se rompieran las cadenas que habían existido en mi familia de generación en generación y que tanto nos agobiaban. De pronto mis piernas dejaron de responder; se sentían pesadas como bloques de piedra. No podía moverme. Comencé a llorar y, en medio de mi desesperación, escuché una voz interior que me dijo:

"Alicia, así como yo cargué la cruz por todos ustedes, con los pecados de la humanidad, tú puedes cargar tu cruz con los pecados de tu familia".

Aquellas palabras atravesaron mi corazón. Entre lágrimas levanté mi mirada al cielo y dije:

Señor, ayúdame a subir y a cargar mi cruz.

Y fue en ese instante, como por arte de magia, que el peso desapareció. Mis piernas dejaron de sentirse como bloques; mis pies encontraron firmeza en las rocas y seguí adelante, paso a paso, con una fuerza que no era mía.

Subí hasta la cima. Allí estaban Katia y Paulina. La vista del valle se abrió ante nosotros majestuosa y serena. Mi corazón latía con fuerza, no por el cansancio, sino por la alegría de saber que había recibido un regalo divino.

Dios me habló sin palabras, y yo lo entendí todo. Me hizo saber que no estaba sola; que todo lo vivido, la niña que amó sin miedo, la joven que calló por miedo y la mujer que olvidó volar, formaba parte del regalo. Que la fe no siempre es fuerte, pero que incluso la duda puede salvar. Porque en ella también hay verdad y hay búsqueda.

"Ese día no bajé igual. No bajé más ligera: bajé más llena".

Entendí que Dios no me pide alas perfectas; solo me pide recordar que puedo usarlas.

. Hoy lo comparto contigo, para que cuando enfrentes tu propio monte, recuerdes que la fuerza no está en ti, sino en Aquel que camina contigo.

"Mi oración para ti:"

Señor, no vengo a pedirte respuestas.

Vengo a entregarte las que me inventé para sobrevivir.

Devuélveme la verdad.

Enséñame a recordar que fui creada para volar, aunque el mundo me haya hecho olvidar el cielo.

Aquí estoy, con mis miedos, con mi fe rota, con mi corazón abierto.

Háblame otra vez y esta vez... Me quedaré en silencio para escucharte.

La voz que sentí de Dios:

"Hija, no esperes sentirte perfecta para acercarte a Mí.

Yo no habito en la fuerza, habito en la entrega.

Tus caídas me duelen, pero tus intentos me conmueven.

No te pido que no dudes. Solo que, en medio de la duda, no dejes de buscarme.

Porque incluso cuando creías que caminabas sola... yo iba subiendo el monte contigo".

Entonces lo supe: No entendí todo ese día... pero entendí lo más importante: Dios no se alejó de mí cuando dudé; se quedó más cerca, porque la fe que duda... también es fe."

Capítulo 20: "Se apaga una luz"

Hay momentos en la vida en los que todo se detiene. No hay respuestas, no hay noticias claras, y solo queda esperar... con el corazón en las manos.

En esos instantes uno se aferra a la fe como a un hilo invisible; se habla con Dios en silencio, se suplica desde lo más hondo, se mira el teléfono esperando un mensaje... y espera.

Pero cuando el mensaje no llega, lo único que queda es la esperanza suspendida, esa que no se rinde, aunque el alma tiemble.

La tarde avanzaba lenta, Juan estaba por llegar y Camila, sentada frente a su televisión, escuchaba la noticia que estremeció al país:

El líder presidencial más querido por Colombia había sufrido un atentado. Tres impactos de bala en la cabeza. Lo llevaron al hospital en estado crítico.

Camila se quedó inmóvil, sin poder respirar del todo, sintiendo como el país entero parecía contener el aliento junto con ella.

Las imágenes mostraban el caos:

Las sirenas, la gente corriendo, el llanto, las manos en la cabeza.

Y luego, la multitud agolpada afuera de la clínica, muchos de rodillas, otros con rosarios entre los dedos, otros en silencio absoluto.

En los labios temblorosos de todos, una sola palabra se repetía: Milagro.

De pronto, el timbre sonó y Camila dio un brinco. Era Juan.

Lo llevó de inmediato a la salita para que escuchara la noticia.

Esa noche, iban a salir a celebrar su cumpleaños; tenían reservación en aquel restaurante donde Juan le declaró su amor.

Al llegar allí, la gente comentaba sobre el atentado; el ataque había ocurrido al aire libre, cuando un joven se abrió paso entre la multitud y disparó tres veces directo a su cabeza.

Ese día Camila comprendió que a veces la fe no es certeza, es resistencia. Aquel hombre valiente, tan querido por todos, con ideas claras, con su compromiso con la paz, la libertad, la honestidad y el progreso, se había convertido en la esperanza de muchos, en el símbolo de un cambio verdadero.

Salieron del restaurante todavía con el eco de la noticia flotando entre ellos. La noche, que iba a ser de celebración, se sentía distinta, pesada, como si el aire mismo estuviera suspendido. Las luces de la calle parecían más opacas y la gente caminaba en silencio, pegada a sus teléfonos, buscando actualizaciones, mensajes, algo.

Juan tomó la mano de Camila con fuerza.

Amor... él no era solo un político más, dijo con la voz baja, firme. Era un hombre valiente.

De ideas claras. Un tipo que hablaba de paz, de libertad, de honestidad... Y lo hacía sin miedo. Por eso incomodaba. Por eso quisieron callarlo.

Camila lo escuchaba con el corazón apretado.

Es que Colombia... susurró.

Colombia necesita un cambio así.

Juan asintió mirando al suelo. Sí... representaba una esperanza verdadera para muchos. No solo por sus palabras, sino porque vivía lo que decía, por eso duele tanto. Por eso el país entero está como está.

Camila sintió un nudo en la garganta. Lo abrazó en plena acera, sin importar quién mirará.

Lo único que podemos hacer ahora... es esperar un milagro, dijo.

Juan le estrechó contra su pecho. Y orar, añadió. Porque cuando

Un país entero ora al mismo tiempo, aunque esté herido... Algo sucede en el cielo.

Camila cerró los ojos. En ese instante, sintió que no estaban solos.

Que miles de corazones en Colombia, y también lejos de ella, estaban unidos en un mismo clamor.

Y en España, al otro lado del océano, Katia, Alicia y Paulina escuchaban la noticia desde la sala del pequeño apartamento.

La televisión mostraba las imágenes del atentado, la multitud afuera de la clínica, los rezos, las velas.

Paulina se llevó la mano al pecho.

Dios mío...murmuró. ¿Cómo es posible?

Alicia bajó el volumen para poder respirar. Parece mentira... como si la tragedia hubiera cruzado el océano y nos hubiera alcanzado aquí.

Katia, con los ojos vidriosos, se quedó de pie, inmóvil.

Colombia está herida, dijo. Y nosotras también. Porque uno no deja de sentir patria, aunque esté lejos.

Las tres se miraron sin necesidad de palabras.

Y casi al mismo tiempo unieron sus manos.

Allá, en España.

Allá, tan lejos.

Pero unidas en el mismo clamor de un país entero.

Hermosa, sí... pero ese día se sintió lejana, pequeñita, porque el corazón lo tenían puesto en Colombia.

*"He descubierto que cada paso dado, por más incierto que parezca, tiene un propósito. *"

__Alice Hernández N.

Capítulo 21: "Incertidumbre":

Paulina llamó a Zila temprano en la tarde.

Zila, ¿qué haces hoy? Le dijo con ese tono dulce que siempre usaba cuando quería reunir a la gente que quería.

Ven a tomar té a mi apartamento.

Quiero que conozcas a Katia y Alicia... Además, tú también vas a viajar pronto a Colombia, ¿verdad? Así hablamos un rato antes de que cada una coja su camino.

Zila aceptó sin pensarlo. Llegó un poco antes de la hora pactada, con esa sonrisa tímida que llevaba desde que había vuelto de trabajar. Paulina la recibió con un cálido abrazo y la condujo a la salita donde Katia y Alicia conversaban bajito, riéndose de alguna anécdota del viaje.

Ellas son Katia y Alicia, presentó Paulina orgullosa, como quien presenta tesoros personales. Y esta es Zila, mi amiga del alma, de la niñez.

Se saludaron entre risas, con esa sensación de que todas ya se conocían de antes, aunque fuera la primera vez que se veían. Paulina sirvió el té, puso unas galleticas en la mesa y, cuando se sentaron, Zila exhaló un suspiro que llevaba guardado hace días.

La verdad... empezó, mirando su taza. Me voy a Colombia antes de lo previsto.

Katia la miró con interés.

¿Todo bien, Zila?

Ella negó despacio.

Mi hermana Rocío, la menor... está pasando un mal momento con su esposo, y necesito estar con ella. Es lo mínimo que puedo hacer.

Paulina puso una mano sobre la suya.

Claro, Zila. La familia primero. ¿Qué fue lo que pasó?

Zila guardó silencio unos segundos, buscando las palabras.

No sé bien. Rocío siempre tuvo un matrimonio que parecía perfecto. Javier era un hombre amable, querido, siempre con una sonrisa. Y ella... ¡Ay, Rocío!, una mujer brillante, elegante, con una alegría que llenaba cualquier lugar. Pero últimamente me decía que se sentía sola... que él pasaba más tiempo en fiestas y rumbas que en la casa. Ella trataba de seguirle el paso; hasta aprendió a bailar champeta, pero aun así... algo se estaba rompiendo.

Alicia, siempre dulce, asintió despacio. A veces la alegría que se ve por fuera no muestra lo que duele por dentro.

Zila bajó la mirada.

Sí... eso siento ahora. Que hay un vacío que nadie ha visto.

Las tres amigas guardaron silencio, no por incomodidad, sino por respeto. Zila respiró hondo.

Yo pensaba viajar la próxima semana. ¿Pero ahora? Se detuvo. Su voz tembló. Apenas esta mañana me llamó Alba, la vecina y mejor amiga de Rocío, diciéndome que ella necesita ayuda.

Sus amigas la abrazaron con fuerza, cada una a su manera, sosteniéndose en silencio.

Se acercaba el viaje; Zila había pasado la mañana doblando ropa, separando documentos, revisando una y otra vez la lista mental de lo que debía llevar. Había ilusión, cansancio y un leve nudo en el pecho que no sabía nombrar.

Su esposo, David, le había dado mucha fortaleza. Todavía estaba de viaje por trabajo y llegaría en los próximos días, pero aun ausente había estado pendiente de ella. Zila le había dejado instrucciones claras. Una noticia con lo que había que pagar, los recibos organizados, todo en orden. Sabía que se demoraría varios días en Colombia y quería evitarle cualquier contratiempo.

Mientras acomodaba las últimas cosas, pensaba en Rocío.

Tal vez podría convencerla de venir unos días a España, cambiar de ambiente, respirar.

Esa idea la acompañaba desde hacía semanas. Incluso, con ilusión callada, había preparado un cuarto para ella. Un espacio sencillo, pero hecho con amor. Sábanas nuevas, una pequeña planta en la ventana y el aroma suave de una vela que había encendido solo para imaginar a su hermana allí, descansando.

Justo cuando cerraba la segunda maleta, el teléfono sonó. El timbre la atravesó como un presentimiento.

Miró la pantalla.

Alba.

Algo en su interior se recogió.

¿Aló? Preguntó con voz suave.

La voz de Alba llegó quebrada, irreconocible.

Zila... Zila, no sé cómo decirte esto.

Zila sintió que el aire se detenía.

Dime, Alba susurró. ¿Qué pasó? Tranquilízate... estoy aquí.

Alba inhaló, como si le faltara el aire.

La siguiente frase cayó como un golpe seco sobre el pecho de Zila.

Rocío... apareció muerta esta mañana, la encontraron en su cama, continuó Alba con la voz rota. Se tomó unas pastillas para dormir. YY.... Las sábanas estaban enredadas alrededor de su cuello. El forense dijo que fue un suicidio involuntario.

Zila se quedó sin palabras.

El teléfono resbaló entre sus dedos. Golpeó la cama y quedó vibrando sobre la colcha. Ella no lo escuchó.

Solo sintió cómo algo dentro de ella se rompía despacio, profundo, irreparable.

El después de la llamada se volvió espeso, como si la casa entera hubiera dejado de respirar junto con ella.

Paulina, que se encontraba cerca del edificio, había decidido pasar por el apartamento de Zila para saludar y despedirse, tal como lo habían hablado hacía un rato. Toco el timbre una vez. No obtuvo respuesta. Tocó de nuevo. Nada. ¿Qué habrá pasado? Murmuró con un presentimiento extraño. A la tercera vez, desde adentro soy yo un leve movimiento, casi un tropiezo. Zila, todavía aturdida, con el teléfono aún temblando en su mano. Se acercó a la puerta como si caminara bajo el agua. Giró la manija y abrió.

Al ver a Paulina de pie allí, con su rostro preocupado, algo terminó de derrumbarse. Zila no dijo una palabra. Solo se lanzó hacia ella, se aferró a su cuerpo y comenzó a llorar de manera incontrolable. Como si por fin se permitiera deshacerse.

Paulina la abrazó fuerte, sosteniéndola sin preguntar nada, sabiendo que a veces el dolor no se explica. Solo se recoge.

Paulina cerró la puerta y colocó la mano en la espalda de Zila, guiándola hacia adentro. La sentó en el sofá, sin soltarla del todo, esperando a que pudiera, al menos, tomar aire.

¿Zila, qué pasó, mi niña?

Preguntó en voz baja, casi un susurro.

Zila intentó hablar, pero las palabras se le quebraron en la garganta. Se llevó las manos al rostro, respiró hondo varias veces, como si buscara el fondo de una fuerza que no encontraba.

Es... Rocío, logró decir por fin, con un hilo de voz.

Alba... me llamó... me dijo que... que la encontraron... En su cama...

Paulina sintió un frío en el pecho.

¿Cómo así que la encontraron? ¿Qué pasó?

Zila tembló… Tragó saliva. Cerró los ojos.

Se tomó unas pastillas… su voz se deshizo. Y dicen que… que tenía las sábanas enredadas en el cuello.

Fue David quien la encontró. El forense dice que fue un accidente; se ahorcó.

La última palabra cayó pesada, como si llenara toda la sala.

Paulina se quedó inmóvil por un instante, dejándose alcanzar por la noticia para no romperse delante de ella. Su mente viajó, recordándola en su columpio que le había hecho su papá.

Tomó la mano de Zila entre las suyas, con la firmeza de quien sostiene a alguien a punto de caer, y le dijo: No estás sola.

Zila apoyó la frente en su hombro, llorando despacito como una niña cansada. Paulina la rodeó con los brazos, acariciándole el cabello. Respira, le dijo. Yo estoy aquí.

Y así quedaron un rato largo, en un silencio que no pedía explicaciones, solo compañía.

Cuando por fin sí logró calmar un poco su llanto, Paulina le limpió las mejillas con las manos, con esa ternura que no necesita palabra. No voy a dejar que viaje sola, dijo Paulina con firmeza, casi como una decisión ya tomada antes incluso de pronunciar. Sila la miró desorientada. Paulina, tú tienes tus cosas, tus fechas, no tienes que…

Claro que sí tengo, la interrumpió, suave, suavemente. Eres mi amiga, eso es suficiente.

Y cumplió su palabra.

Apenas salió del apartamento de Zila… llamó a Katia y Alicia.

Les contó lo sucedido, sin adornos, sin rodeos. Ellas no dudaron ni un segundo.

—Por supuesto que vamos —dijo Katia, con ese tono decidido que tenía cuando algo era importante.

Paulina les comentó que sus padres habían muerto hace mucho tiempo, en un accidente y ella solo tenía a su hermana.

Y entonces Alicia añadió, con voz emocionante: — !Adelantemos el vuelo!. No importa nada más.

Esa misma noche revisaron tiquetes, hicieron llamadas y movieron fechas. En cuestión de horas, ya estaba todo organizado.

Zila, aún aturdida por la noticia, no podía creer cuando Paulina regresó más tarde a su casa y le dijo: Mañana en la tarde viajamos todas. Ya arreglé tu pasaje y el de nosotras.

Zila preguntó. ¿Nosotras?

Sí, Alicia y Katia vienen. De todas formas, ellas viajaban en 4 días. No te preocupes.

Cambio de planes, Paulina sonrió, dándole ánimo a su amiga.

La despedida de Rocío fue silenciosa y dura. La enterraron en Barranquilla junto a sus padres, como ella siempre quiso. Sus hijos viajaron desde Estados Unidos. El esposo llegó con el rostro desencajado y una distancia que decía más que cualquier palabra. Con el paso de los días, Zila descubrió. Verdades que le dolieron: él le había pedido el divorcio, pues tenía otra persona en su vida, alguien con quien tiempo después formaría una nueva familia.

Rocío quedó atrás, sí... pero no para Zila. Ni para quienes alguna vez vieron en sus ojos la fuerza de una mujer hermosa y profundamente herida. Su muerte dejó un aire inquietante, una sensación que nunca terminó de disiparse.

Porque hay silencios que se sienten más que lo que se dice, heridas que no sangran por fuera, pero que pesan por dentro, cadenas invisibles que nadie escucha romperse y, a veces, cuando una vida se apaga así, lo que queda no es solo dolor, sino el eco del abandono, ese murmullo secreto que acompaña a quienes amaron de verdad.

Zila regresó a España con la ropa doblada de su hermana en la maleta y un cansancio en el alma que no sabía nombrar. Y aunque el mundo siguió su curso, algo en ella había cambiado para siempre.

Capítulo 22: “Las heridas de la Voluntad”

“Homenaje a mi amiga Blanca”

“Hay dolores que no se curan con palabras, y decisiones que, aunque justas, sangran”.

Ella supo muchas veces que debía marcharme. Que debía soltar, que debía dejar de buscar donde ya no había respuesta, pero no podía.

La voluntad estaba herida; quería actuar, pero algo la detenía.

Tal vez el miedo, tal vez el amor, tal vez esa absurda esperanza de que “mañana todo cambie”.

Vivía noches enteras pidiéndole a Dios fuerza... y, aun así, se quedaba, se miraba al espejo sin reconocerse y, aun así, seguía dando lo mejor de sí a alguien que no lo notaba. A veces no era falta de decisión, era agotamiento emocional. Era esa mezcla entre cansancio y apego, que te ata, y sabes que te está apagando... pero no sabes cómo salir.

Su voluntad estaba herida, no por cobardía, sino por haber luchado demasiado.

“La voluntad se quiebra cuando el alma se cansa de empujar sola”

****” Aquí parece terminar la historia,**

Pero en realidad solo se oscurece el borde de la página.

Hay caminos que aún no se han revelado, voces que siguen llamando y verdades que todavía no se atreven a mostrarse.

Lo que viene permanece en silencio... por ahora.

La continuación ya respira en la sombra del próximo libro. **”

Capítulo 23: "La Boda"

Paulina corría de un lado a otro. Había llegado el día de su boda. Se casaba con Raúl, el hombre que un día la miró con ojos puros y le prometió, sin palabras, un amor para siempre.

Desde entonces lo amó con una constancia que pocas veces se ve.

Todo parecía perfecto: el vestido blanco, el salón lleno de flores, Alicia y Katia acomodando los arreglos, Camila revisando las fotos y Zila enviándole mensajes desde España, junto a su esposo David, quien permanecía a su lado dándole fortaleza por la pérdida de su hermana.

Sus amigos estaban acompañándolos, pero, aun así, había algo en el aire...

Una inquietud que no sabía nombrar. Sentía emoción... y algo más. ¿Por qué estoy angustiada?, se preguntó. "Si hoy debiera estar feliz... es mi boda".

Fue entonces cuando entendió que no era miedo al presente, sino un susurro del pasado. Por un instante recordó su primer matrimonio, el dolor silencioso, las renuncias, las noches sin voz.

***El alma, incluso cuando ya sanó, a veces tiembla antes de ser feliz*.**

La música sonó.

Raúl la esperaba sonriente, con esa mirada que siempre la sostuvo.

Ella respiró hondo, se tranquilizó, y el juez bendijo esa unión.

Salieron entre flores, abrazos, fotos y sueños.

Sus amigas la rodearon, como siempre. Alicia llorando, Katia riendo, Camila grabando.

Las tres celebraron no una boda, sino la libertad de una mujer que por fin se estaba eligiendo a sí misma.

Como regalo, le entregaron una estadía a Acapulco para su luna de miel durante una semana. Después de eso, Paulina y Raúl volaron

juntos a España, donde la esperaban sus hijos, sus nietos y sus amigos.

Un año después, una tarde cualquiera. Paulina se miró al espejo. La pregunta llegó sin aviso.

¿Eres feliz?

Entonces escribió:

"La libertad se apaga con miedo, pero renace con dignidad. Cuando una mujer se elige, la vida empieza de nuevo". Alice H.N.

Después de la boda de Paulina, Katia, Alicia y Camila continuaron reuniéndose en aquel pequeño rincón de la cafetería donde tantas conversaciones nacían sin planearse.

Se acercaban las fiestas navideñas y la ciudad ya empezaba a oler a luces, a música y a prisa.

Una tarde, Katia salió de compras. Caminaba sin mucha atención, dejándose llevar por la rutina, cuando al pasar frente a la hemeroteca escuchó a un joven hablar con un pequeño grupo de personas:

Este viernes habrá un congreso... Decía él. El tema es "El precio de la libertad".

La frase le quedó resonando todo el camino a casa.

¿Libertad? ¿Y cómo se respira cuando el corazón lleva años encerrado?

Todo el camino a casa siguió repitiéndola, como si cada paso le devolviera una pregunta distinta.

El viernes, Katia decidió ir sola. No avisó a nadie. Llegó en silencio, se sentó en la última fila, como queriendo observar sin ser vista. El expositor no era un motivador cualquiera; era directo, serio, sin adornos y empezó con frases que le abrieron una herida que ya supuraba:

"¿A quién estás tratando de salvar, cuando sabes que la que más necesita ser salvada eres tú"?

¿Cuántas veces te has dicho "estoy bien", sabiendo que te estás apagando?

¿Quién serías si no te diera miedo decepcionar a los demás?

¿Qué estás pagando a cambio de esa tranquilidad que tanto aparentas?

Ella sintió que el corazón se le salía por la boca.

Lloraba, como quien acaba de ver su reflejo real por primera vez.

Una jaula... bonita por fuera... Pero jaula.

Salió apresurada, como alma que lleva el diablo. Esas palabras quedaron en su mente y en su corazón como puñales.

Cuando llegó a su casa, se sirvió un vaso de whisky; necesitaba algo fuerte. No pudo conciliar el sueño; pensaba en esas palabras y su esposo llegaba al otro día.

Con gran determinación, lo esperó en el estudio, allí sentada y muy serena. Cuando él entró, ella sin titubear le dijo: "Quiero el divorcio.

No hubo discusión, solo una mujer que por fin volvió a sí misma.

"Una segunda oportunidad".

Esa noche, Cristian quedó paralizado. No podía creer lo que estaba escuchando; creyó que se estaban dando otra oportunidad. Se acostó en el sofá. Ella en su cuarto, con el alma rota, intentó conciliar el sueño. Al otro día muy temprano, fue donde su abogado, le redactó el acta de divorcio y citaron a Cristian para que hicieran una reconciliación, pero la decisión ya estaba tomada. Se firmó el divorcio de mutuo acuerdo.

Alicia, preocupada, la miró con seriedad. ¿Estás segura de lo que estás haciendo? Preguntó con una voz que mezclaba cariño y temor.

Katia respondió moviendo la cabeza en silencio, pero con esa firmeza que aparece cuando ya no hay vuelta atrás. Camila, desde el sofá, abrió sus ojos verdosos. Aquella escena le removió recuerdos antiguos: su propio divorcio, inevitable.

Katia no quiso prolongar más la despedida. Empacó lo necesario y se fue para Bogotá. Necesitaba aire nuevo, distancia, un lugar donde pudiera pensarse sin el ruido del matrimonio roto. Lea pidió hospedaje a su amiga Gabriela, a quien no veía desde la graduación de la universidad, aunque siempre habían mantenido contacto. Apenas llegó, después del abrazo largo que se dieron, Katia sintió que había cruzado el umbral. Al día siguiente encendió su portátil y comenzó a mandar hojas de vida. Era el inicio de algo: de una búsqueda, de un renacer, de un espacio propio.

No tardó mucho en conseguir trabajo. Pronto le salió un puesto en una multinacional, bien remunerado y con oportunidades de crecer. Poco a poco, comenzó a viajar por el mundo gracias a su dedicación, esfuerzo y entusiasmo que siempre la habían caracterizado.

En uno de sus viajes, visitó a Paulina en España. Aquella tarde tomaron café como en los viejos tiempos; conversaron de todo, de la vida y de cómo Katia se sentía ahora que su historia había tomado otro rumbo.

Pasaron dos años largos. Katia logró independizarse y se mudó a su propio apartamento en Bogotá. Mientras tanto, Alicia y Camila viajaban cuando podían, y siempre buscaban la forma de reencontrarse para ponerse al día. Como solían hacerlo antes.

Mientras tomaban un café, Camila la miró con atención de una amiga que no necesita rodeos.

¿Y Braulio? Preguntó suavemente. ¿Cómo ha tomado todo esto?

Katia suspiró, pero con una sonrisa tranquila.

Bien...

Demasiado bien, diría yo.

Movió la cabeza con cariño. Siempre se me adelanta. Antes de que yo hablara, ya sabía que algo no estaba bien.

¿Te dijo eso? Preguntó Camila.

Katia sonrió.

Me dijo: "Mamá, yo sé que estás triste. Cuando quieras hablar, aquí estoy".

Braulio siempre ha sido así... —agregó, con un orgullo silencioso.

Es que te conoce, respondió Camila, y te quiere bien.

Sí asintió Katia. Desde Portugal sigue al tanto de todo; me pregunta por el trabajo, por Gabriela, por mis viajes; hasta me dijo que ya era hora de que pensara un poquito en mí. Camila sonrió y tocó su mano: "Qué bello es Braulio y qué valiente tu Katia".

Katia respiró hondo con esa paz que se siente cuando alguien te entiende sin explicaciones.

En uno de sus viajes, Katia se encontraba en el aeropuerto Charles de Gaulle, y de pronto vio a Cristian. él estaba allí.

Se acercó, la saludó con respeto y le pidió que tomaran un café. Ella, al principio, dudó, pero luego aceptó. En la conversación, le confesó que llevaba un año en terapia, que había comenzado un proceso para sanar sus inseguridades, arrastradas desde la niñez.

Antes de despedirse, le dio una tarjeta y le dijo que, si algún día ella regresaba a Bogotá, fuera donde su terapeuta, y añadió con humildad y esperanza: Me gustaría que nos diéramos otra oportunidad, si todavía significo algo para ti." Yo no te he olvidado, sé que te hice mucho daño, pero todavía te amo y estoy arrepentido".

Ella tomó la tarjeta, no respondió nada y subió al avión.

Coincidencialmente, volaban en el mismo vuelo. Al llegar a Bogotá, cada uno tomó su rumbo.

Dos días después, ella encontró la tarjeta, hizo una cita con la terapeuta, la doctora Roxana, y comenzó su proceso personal. Con el paso de los meses, la doctora los citó a ambos. Empezaron terapia de pareja, aunque todavía no sabían si volverían.

Pasó un año. Después de muchas sesiones, él le pidió una segunda oportunidad. Volvió a renacer el hombre que ella había amado, con detalles y con amor.

Esta vez ella aceptó. No desde la ilusión, sino desde la madurez y el camino andado. Después de varios meses de diálogo, sanación y tiempo, Katia y Cristian decidieron darse una segunda oportunidad...

No era un regreso definitivo ni un "para siempre", sino un intento honesto por reconstruir lo que un día se quebró.

Aceptó vivir con él, caminar a su lado, pero todavía no sentía en su corazón la certeza de un matrimonio. Prefería avanzar despacio, sin apresurar destinos.

Mientras ella emprendía ese nuevo tramo de vida, Mauricio permanecía detenido en su propio silencio. Sabía que Katia había vuelto con Cristian, que ya no le pertenecía, y aun así no lograba apagar la esperanza. Era una llama tenue, frágil... Pero viva.

Una esperanza que, si Dios lo permite, algún día podría reescribir su historia.

Y así, entre caminos que se cierran y otros que apenas comienzan, esta parte termina.

Porque hay historias que no concluyen... solo se pausan. Y lo demás... Aún está por contarse.

Capítulo 24: "Salir de sí mismo"

En la casa de Alicia, en su terraza, conversaba con Camila.

Alicia la miró fijamente y, con esa suavidad que corta más que un grito, le dijo: Camila... ¿Cuándo le vas a contar a Juan tu noche de amor con él?

Camila bajó la mirada. Un silencio denso, de esos que pesan más que las palabras, se quedó suspendido entre las dos.

Pensativa, respondió: Se lo diré esta noche. Ya no puedo seguir ocultando lo que él no ha recordado.

Se despidieron y Camila se fue hacia su apartamento. Todo el camino sintió el corazón latiéndole en la garganta.

Esa noche, cuando Juan llegó, ella abrió la puerta con una calma que no sentía por dentro.

No salgamos hoy, le dijo suavemente. Mejor tomemos unos vinos aquí, quiero hablar contigo.

Juan asistió sin sospechar nada. Se sentaron en la sala, las luces bajas, la copa entre las manos. Camila respiró hondo como quien se quita una coraza muy antigua, y lo miró directamente a los ojos. Mírame fijamente, Juan... le pidió.

¿No recuerdas esa noche de graduación? Tú estabas con tus compañeros... Yo estaba con mis amigas.

Nos tomamos unos cócteles... Y entre nosotros pasó lo que pasó.

Juan bajó la mirada. Un silencio espeso se instaló entre los dos.

Sí me acuerdo, dijo al fin con voz baja. Siempre lo he recordado. Levantó lentamente los ojos hacia ella. Pero como tú nunca lo mencionaste... Yo preferí hacerme el que tampoco lo recordaba.

Camila sintió un leve temblor recorriéndole las manos.

Juan continuó.

Cuando te vi de nuevo... supe de inmediato que eras tú. Nunca se me olvidó la joven del antifaz rosa... Tú.

Camila sintió que algo dentro de ella se aflojaba, como si una pieza que llevaba años fuera de lugar por fin encajaba. Se quedó mirándolo, sorprendida, pero también aliviada.

¿Entonces... siempre lo supiste? Preguntó con un hilo de voz.

Juan dejó la copa en la mesa y se acercó un poco más.

Siempre, Camila. Esa noche no fue cualquier cosa para mí. Hice una pausa, como el que busca las palabras exactas, pero tú te fuiste tan rápido y después desapareciste de mi vida. Pensé que la historia había terminado allí, en ese salón de fiesta, con tu antifaz rosa y tu risa nerviosa.

Más tarde, conocí a Julieta y me casé.

Camila sintió las mejillas calientes.

.. Yo... Yo pensé que no me recordarías. Éramos unos adolescentes, Juan. Yo guardé este secreto porque creí que había sido un momento para mí, nada más.

Juan negó suavemente con la cabeza.

No fue un secreto para mí, solo fue un silencio.

Ella respiró hondo, procesando cada palabra.

¿Y por qué no dijiste nada cuando nos volvimos a ver?

—Porque no quería confundirte —respondió él. No sabía si para ti había significado algo... o si preferías que quedara enterrado. Quise respetar lo que tú parecías querer callar.

Camila bajó la mirada un instante. Sentía el peso de los años, de la duda, de haberlo guardado como un recuerdo propio... Sin saber que él caminaba con el mismo.

Juan tomó su mano con delicadeza.

Gracias por decirme la verdad hoy.

Tenía razón: ya era hora.

Camila lo miró, por fin sin miedo.

Sí, Juan, ya era hora.

Ella lo abrazó. No fue un abrazo impulsivo, ni desesperado ni tembloroso. Fue un abrazo lento, profundo, de esos que parecen decir más que cualquier frase. Camila apoyó la cabeza en su pecho y sintió cómo el ritmo de Juan se acomodaba al suyo, como si los dos hubieran estado esperando ese gesto desde hacía años.

Juan la rodeó con los brazos, cerrando los ojos un instante, permitiéndose sentir todo lo que había callado. No había prisa, ni preguntas, ni culpas. Solo ese abrazo que unía el pasado y el presente en un solo momento.

Camila... murmuró él, besándole el cabello. No sabe cuánto deseé que llegara este día.

Ella sonrió apenas, sin separarse. Yo también, Juan. Yo también.

El silencio que siguió no fue incómodo. Fue un silencio que cupo perfecto entre los dos, como una respuesta.

Entonces, le dijo: "Ahora sí nos casamos". Y ella le dijo que sí.

Y en esa respuesta no había miedo, ni secretos, ni silencios. Solo un "sí" que por fin tenía el tiempo y el lugar correctos.

Capítulo 25: "Sueños Truncados"

Alicia estaba arreglándose para el matrimonio de Camila y Raúl. Tenía el televisor encendido mientras se maquillaba sin prestarle mucha atención. Hasta que una noticia la obligó a detenerse.

La presentadora hablaba con un tono firme, casi quebrantado: En Colombia, la inseguridad contra los niños vuelve a estremecer al país...

Alicia levantó la mirada. La pantalla mostraba la foto de un pequeño de apenas año y medio. La periodista continuó: "Un niño de un barrio humilde... Su mundo era un peluche gastado y una sonrisa tímida. Nadie imaginaba el peligro que vivía dentro de su propia casa. Su padrastro, en lugar de cuidarlo, lo sometió a una cadena de abusos. Llegó al hospital con múltiples señales de maltrato. Tras varios días, falleció. El agresor fue condenado a 42 años de prisión.

Alicia sintió un nudo en la garganta, pero la siguiente noticia fue aún peor.

—¿Qué está pasando en Colombia? —preguntó la presentadora. Hace pocos días fue encontrada muerta una niña indígena de siete años. Jugaba en el barrio un domingo, cuando un hombre la engañó con dulces, la llevó a su casa, fue violentada y estrangulada.

Alicia cerró los ojos.

Pero no terminó ahí: Y hoy, en un colegio del norte con niños especiales, desapareció una menor hace unas horas y fue encontrada sin vida en el río. El país está de luto.

Alicia se llevó una mano al pecho. La pregunta que repetía la periodista también resonó dentro de ella: ¿Qué está pasando en Colombia con los niños? Quiso apagar el televisor... pero entonces apareció el titular rojo, que la dejó sin aliento.

¡Última hora!

"Murió el líder que quería Colombia".

La periodista continuó:

El precandidato presidencial, baleado hace unos meses en Bogotá durante una reunión de campaña, falleció a la 1:56 de la madrugada. Colombia pierde una esperanza que muchos creían necesaria.

Alicia sintió que el mundo se le desmoronaba. El país, los niños, la violencia, todo pesaba demasiado.

En ese momento, Julián entró a la habitación ajustándose la corbata. Amor, vámonos, se nos hace tarde para el matrimonio.

Julián. —No sabes la noticia que acabo de ver —le dijo mientras bajaban por las escaleras—; es como si este país estuviera roto por dentro.

Él la escuchó en silencio unos segundos y luego le tomó la mano.

Mi amor, por un momento, olvídate de tanta tragedia, no para ignorarla, sino para darle un respiro al alma. Hoy vamos a acompañar a Camila. Vamos a celebrar la vida, que también la necesitamos.

Alicia asintió. No porque el dolor se fuera, sino porque entendió que la vida se mueve entre luces y sombras y que a veces celebrar es también un acto de resistencia.

Caminaron hacia el carro; el cielo estaba encapotado, pero en el horizonte se abría un rayo de luz. Alicia miró hacia adelante y pensó: el mundo duele, pero también sigue.

Con esa frase silenciosa en el corazón, se fue con Julián al matrimonio de su amiga.

Cuando llegaron al salón, el corazón se le iluminó; todas estaban allí. Camila, radiante, volteó y vio a sus amigas reunidas: Paulina había llegado de España junto a Raúl; Katia llegó del brazo de Cristian; Alicia y Julián ocuparon su lugar; Marta sonreía emocionada; Isabel, Elena y varias compañeras del colegio la rodeaban.

La mayor sorpresa fue su hijo, que hacía meses no lo veía. Entró al salón y caminó hacia ella. Camila lo vio y, sin poder contenerse, se llevó las manos al rostro. La abrazó fuerte, como si en ese instante se uniera cada pedacito de vida que había luchado por recomponer.

Camila sintió que estaba completa, que sus amigas, su familia, su hijo y el amor que estaba a punto de sellar con Raúl eran la respuesta silenciosa frente a un mundo lleno de heridas.

Ese día, entre lágrimas y sonrisas, comprendió que la vida siempre encuentra sus grietas para dejar entrar la luz.

"Primer Paso":

El primer paso no siempre es grande. A veces tan pequeño que casi nadie lo nota... Excepto quien lo da. Puede ser difícil, por primera vez, sin culpa. Salir solo a caminar, con la frente en alto. Volver a leer un libro olvidado, mirarse al espejo y sonreír de nuevo.

Para muchas mujeres, el primer paso es reconocer que algo adentro está pidiendo cambio, que la vida no se puede vivir solo en función de otros. Ese primer paso es interno. Se da en silencio cuando uno decide que merece algo más.

En este libro y el anterior, Rastros de un Camino, no nacieron solo de recuerdos, nacieron de un primer paso, el mío.

Comencé a escribir desde mi interior, para Uds., para que se encuentren y hagan de esto un momento de alegría y de introspección consigo mismos.

Ese fue mi primer paso. Tomar un cuaderno, una idea, una emoción y convertirlas en palabras.

Y así nació este camino, no con ruido, ni aplausos. Con silencio, con lágrimas a veces, con esperanza siempre. Porque sí, a cualquier edad, se puede volver a empezar, a sentir que la vida no se ha ido, sino que apenas está empezando.

Este es mi testimonio, pero también una invitación a ti, que me lees, que te has callado por años, que te has dejado en último lugar: busca lo que te encienda el alma. No vivas solo para que otros sean felices.

Descubre qué te hace feliz. Ese, créeme, es el primer paso hacia tu libertad.

Agradecimiento especial:

Al maestro espiritual James Ishmael Ford. Cuya enseñanza me recordó que el despertar no es un destino lejano, sino un camino silencioso que comienza dentro de uno mismo.

Como él dice:

"If you're lucky, your heart will break."

"Porque solo cuando el corazón se rompe, puede abrirse".

Su sabiduría me enseñó que la vida espiritual no está separada de lo cotidiano, sino que florece en medio del ruido, de los silencios, de los intentos fallidos y de los pequeños actos de amor propio.

Mensaje para Ti

Esta historia no es solo un conjunto de capítulos. Es la prueba viva de que Dios sigue obrando, que no se cansa de buscarnos, de hablarnos, de rescatarnos. Cada testimonio aquí es real, y lo he escrito con la esperanza profunda de que estas palabras lleguen al corazón de quienes las lean.

Que toque vidas, que alivie, que despierten, que sacudan.

Que te devuelva la certeza de que todo tiene sentido cuando se camina con él, no importa el final; al fin al cabo, todo tiene un propósito.

Hemos caminado entre sombras y luces, entre preguntas y certeza, entre máscaras impuestas y verdades que me atrevo a mirar de frente.

Descubrí que no somos solo una, que dentro de nosotros habitan voces, historias, miedos, sueños... y también el deseo profundo de sanar.

Este libro es ese espejo roto que me atreví a atravesar, aunque doliera.

Es el reflejo de muchas mujeres y hombres, que, en algún momento, han tenido que mirarse en su propio espejo y preguntarse: "quiénes son, en medio de la tempestad.

Agradezco a cada persona que me permitió entrar en estas páginas, con el corazón abierto. Ojalá que, haya tocado su alma. Y si hoy, al cerrar este libro, sientas que te ayuda a abrir tus alas. Si es así, habrá valido la pena escribir para ti.... Y seguir siendo una sola alma valiosa, amada y digna de renacer.

Conclusión: "La Coraza"

Vivimos en un mundo lleno de máscaras, de disfraces cotidianos que a veces ni siquiera notamos. Nos ponemos una coraza y no una sola, sino muchas.

La coraza del profesional exitoso, que en realidad se siente vacío. La coraza del padre ejemplar que guarda secretos, la coraza de la esposa sonriente que por dentro está rota, la coraza que usamos para no ser visto, para protegernos, para sobrevivir.

Todos en algún momento nos escondemos detrás de algo. A veces, fingimos ser fuertes cuando por dentro estamos al borde del colapso. Otras veces, fingimos indiferencia porque tenemos miedo de que nos hieran.

En el trabajo, mostramos una versión formal, segura, responsable. Pero cuando estamos con personas de confianza, el alma empieza a respirar y la coraza se cae por momentos.

También ocurre en los matrimonios. Muchos hombres, al sentirse culpables, se escudan en el silencio o en la rabia. Se ponen esa coraza emocional para no ser cuestionados, para no dar explicaciones.

La coraza es, en muchos casos, un refugio. Un escudo ante el juicio, el abandono, la verdad o el dolor. Pero también puede convertirse en una prisión. Una cárcel que no deja entrar ni salir a nadie.

Hay quienes son uno en casa y otro en el mundo. Dos rostros, dos realidades: una verdad que tiembla detrás del miedo, y una mentira que aprende a respirar.

Este capítulo no busca juzgar. Busca que el lector se mire al espejo y se pregunte:

¿Qué coraza me estoy poniendo hoy?

¿A quién estoy protegiendo? ¿Y de qué?

¿Estoy viviendo cómo soy o cómo quiero que me vean?

Porque mientras no seamos capaces de quitarnos la coraza, tampoco podremos amar de verdad. Ni vivir en libertad.

Epílogo

Hemos caminado por recuerdos, dolores, encuentros y silencios. He narrado historias no para encerrarlas en palabras, sino para liberarlas.

Porque escribir también es una forma de reconciliarse con lo que duele... Y con lo que no entendemos del todo.

Este libro es un rostro con dos voces: una que grita en lo visible y otra que susurra desde lo profundo.

Ambas nos pertenecen.

Si algo dejo en este camino escrito, es una reflexión para ti.

Atrévete a mirar tu propio interior, a comprender que no todo lo que oscurece es malo, ni todo lo que brilla es verdadero.

Porque al final, quien se acepta entero —con sus luces y sus sombras— camina más libre.

www.ingramcontent.com/pod-product-compliance
Lightning Source LLC
LaVergne TN
LVHW051010080826
845145LV00009B/2557

* 9 7 8 1 9 6 7 0 4 0 7 3 5 *